BIBLIOTHÈQUE

LIBÉRALE

MORCEAUX CHOISIS

DE

FÉNÉLON, FLEURY, ROLLIN, HALLIFAX, DUPUY,

ET Mme DE LAMBERT,

Pour servir à l'Éducation des jeunes Personnes.

Ouvrage orné d'une Gravure.

PREMIÈRE PARTIE.

FABRIQUE DE REGISTRES *de Commerce*, *d'Administration & de Bureaux, rayés de crayon en travers avec des filets montans, & les têtes imprimées en Caractères d'Écriture, pour accélérer la Tenue des Livres.*

Le papier que l'on emploie, est une belle qualité fin double. La reliûre est à dos brisé, elle fait ouvrir très-à-plat le Registre. On exécute promptement tous ceux commandés.

Chez LAURENS jeune, Imp.-Libraire, rue St-Jacques, n°. 61 au premier, vis-à-vis celle des Mathurins, à PARIS.

Livre-Journal, pouvant servir de Journal de vente, d'achats, de factures, d'envois, ou d'*inventaire*, 3 ou 6 colon. *filets rouges* et rayés, 400 p. in-f. *écu.* 10 f. *g. caré.* 12 f. *g. rais.* 16 f

Copies de lettres, avec répert. *écu* 10 f. *g caré* 12 f. *g. rais.* 16 f

PRIX FIXE des Registres suivans , dont les Têtes sont imprimées. GR. RAISIN, 400 p. 25 f. GR. CARÉ. 18 f.

Journal à parties doubles, ou Mémorial des comptes-courans, représentant le Grand-livre, sur lequel se portent à gauche toutes les affaires *au crédit*, et à droite, *toutes celles au comptant*, séparées par 11 colon. de filets montans. 18 f

Livre de commissions, ou de commandes, 10 col. 400 p. 18 f.

Idem, in-4°. couronne fine-double., 400 pag. ... 6 f.

Livre des Échéances, avec 18 col. 18 f.

Livre des Traites et Remises, avec 18 colon. 18 f.

Livre des comptes-courans, avec 6 colon. & *doit-avoir* sur la même pag. ou si l'on veut sur les deux pages. 18 f.

Livre de recette et de dépense, ou de caisse, *idem.* 18 f.

Livre de Magasin ou d'entrée et sortie, *idem* 6 col. 18 f.

Grand Livre ou extrait, et *Doit, Avoir* sur 2 pag. 18 f.

Les quatre derniers *g. raisin, fin double* chacun de 400 pag. avec un répertoire à la fin, ou séparé si l'on veut. 25 f.

Les 8 ci-dessus, *caré*, chacun de 200 p. 10 f. de 300 p. 14 f.

Les 6 ci-dessus in-4°. *g. caré*, 200 p. chacun 6 f. 400 p. 10 f.

Grand livre voyageur et les 4 ci-dessus de poche, chacun 3 f.

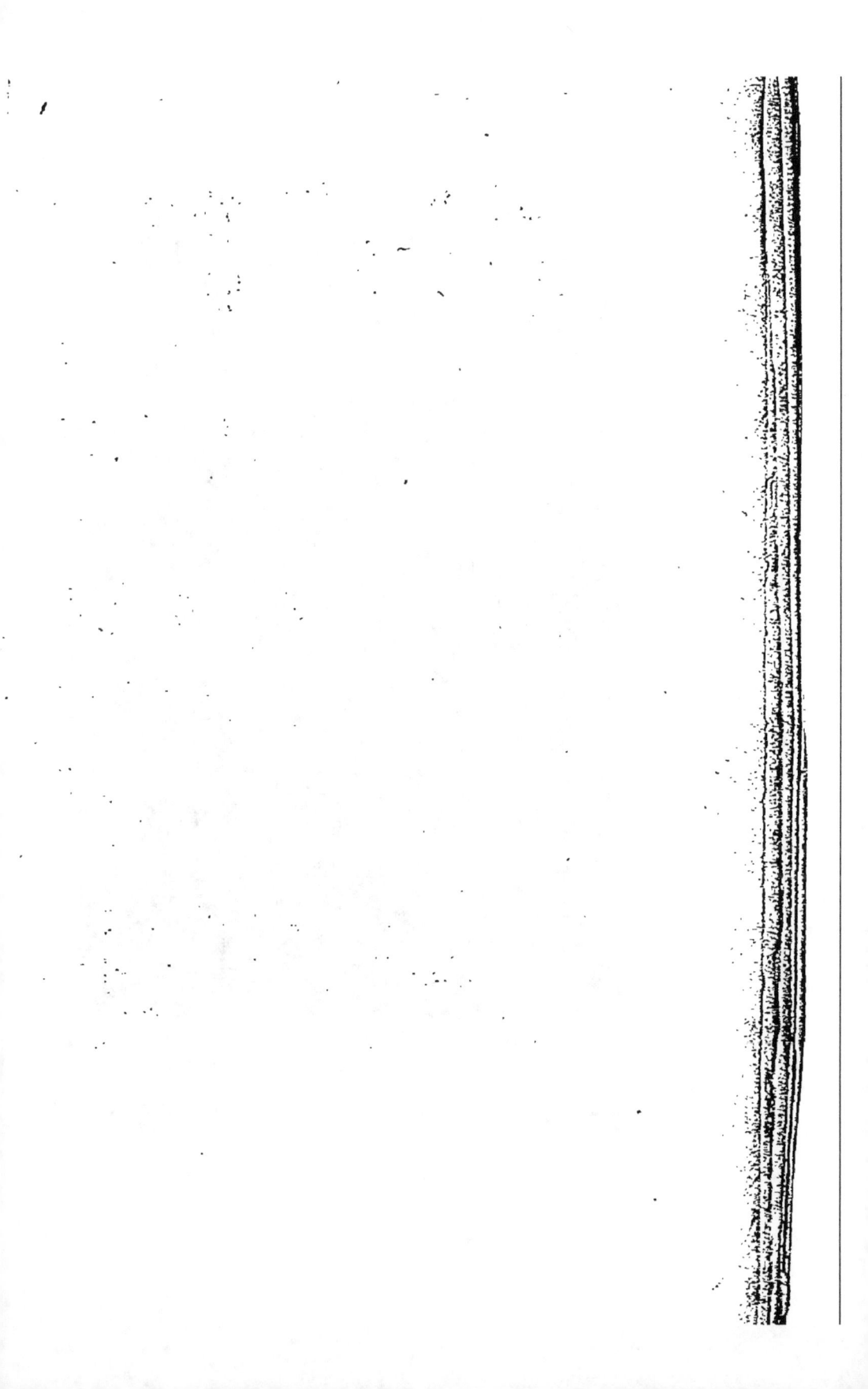

FÉNÉLON
FLEURI
ROLLIN

Avant que cet Écrit tombe dans vos mains,
peut-être aurez-vous également perdu votre père.

Huot del.

Duthé Sculp.

MORCEAUX CHOISIS

DE

FÉNÉLON, FLEURY, ROLLIN, HALLIFAX, DUPUY,

ET M.me DE LAMBERT;

POUR SERVIR A L'EDUCATION

des Jeunes Personnes,

Auxquels on a ajouté l'Ouvrage intitulé :

INSTRUCTIONS D'UN PÈRE A SES FILLES,

Traduit de GRÉGORY, par BERNARD,

Sur la sixième Edition Anglaise.

A PARIS,

Chez LAURENS jeune, IMPRIMEUR-LIBRAIRE, Rue Saint-Jacques, n°. 61.

1810.

CET Ouvrage du prix de 2 fr. 25 c. pour Paris, & 3 fr. *franc de port*, dans tous les Départements, se trouve aussi chéz les principaux Libraires.

AVIS.

LE Public est prévenu qu'il trouvera à l'adresse de ce petit Ouvrage des Livres de Piété, d'Education, et sur toutes les Sciences, en nombre, brochés et reliés.

Les Impressions satinées ou non satinées seront faites avec autant de goût que de promptitude.

○-○

NOTICE

de LIVRES de Fonds ou en nombre,

Chez LAURENS Jeune, IMPR.-LIBRAIRE,
Rue St.-Jacques, n⁰. 61.

~~~~~~~~~~

Le second prix est franc de port, broché.

LES GÉORGIQUES DE VIRGILE, en 4 liv.
nouv. traduct. avec le latin à côté, par M.
RAUX, accompagnée de Remarques sur la traduction de Delille; suivies d'une traduction
du même Auteur, en vers latins ; du poëme
des CERISES RENVERSÉES de Mlle Chéron,
gros vol. in-12, beau papier, avec jolie fig.
représentant les 4 saisons.   3 f. et 4 f.
Il en a été tiré quelques exemplaires in-8.
papier fin, broc.   6 fr. et 7 f. 50 c.
papier vélin.   12 f. et 13 f. 50 c.

Des TROPES ou des différens sens dans lesquels
on peut prendre un même mot dans une même
langue. Ouvrage utile pour l'intelligence des
Auteurs et qui peut servir d'introduction à la
Rhétorique et à la Logique, par Dumarsais ;
nouv. édit. revue, et augm. par M. l'abbé
Sicard, gr. in-12.   2 f. 50 c. & 3 f.
rel. en carton parch.   2 f. 75 c.

Manuel du jeune négociant, ou Élémens du
commerce sur la Tenue des livres, nouvelle
édition, augmentée d'un tableau et d'un traité

d'arithmétique décimale, comparée avec l'ancienne, pet, in-12. 1 f. 25 c. & 1 f. 50 c.

NOUVEAUX DIALOGUES des Morts entre les plus fameux personnages de la Révolution française, nouvelle édition augmentée d'un Dialogue historique et politique entre un Français et un Anglais, *sur les circonstances actuelles*, et contenant un *Tableau abrégé* de la révolution fr., in-8°. 3 f. 4 f.
Le même, in-12.   .   2 f.   2 f. 75

HISTOIRE ABRÉGÉE des Révolutions du commerce, ou Précis historique et raisonné des changemens que le commerce a éprouvés, à l'occasion des transmigrations, des conquêtes, des nouvelles découvertes et des révolutions politiques, depuis le commencement du monde, jusqu'à nos jours; par M. Chappus, membre de plusieurs académies, in-12, beau papier, IIe. édit. 2 f. 2 f. 50 c

MANUEL des Instituteurs, ou Essai sur la meilleure éducation à donner à l'Enfance & à la Jeunesse; ouvrage aussi utile pour le cœur que pour l'esprit, in-12. 1 f. 20 c. 1 f. 50 c

EUCLIDE (l') de la Jeunesse, ou l'arithmétique en action et en exemple; ouvrage qui simplifie les difficultés du calcul décimal, apprend facilement les règles de commerce et de la géométrie, par dialogues instructifs et amusans, seconde édition, ornée de 3 planches en taille-douce, in-8.   3 f. 4 f.

Chronologie depuis la Création du Monde jusqu'à Jésus-Christ, en vers alexandrins, sur un Tableau d'une feuille. 30 c. 40 c.
Abrégé des Sciences, ou encyclopédie des enfans, avec cartes et figures, nouv. édition augmentée. 2 f. 50 c

— de la Géographie moderne de Lecroix, nouvelle et jolie édit. augm. 2 cartes à l'usage des
lycées. . . . . . 1 f. 50 c

Buffon (le petit) des enfans, ou Extraits d'hist.
nat. des quadrupèdes, reptiles, poissons et
oiseaux, 70 fig. 1 vol. in-18. 1 f. 80 c

Cook (de) de la jeunesse, ou extraits des voyages les plus récens, 2 vol. in-18, figur. 3 f.

Idem. in-12 avec fig. . . . 3 f. 50 c

Dictionnaire d'Orthographe française, par Restaut, nouv. édit. augm. et suivie d'un vocabu-
laire géog. poitiers. in-8. rel. . . 7 f.

Éducation des Filles, Fénélon, in-18. fig. 1 f. 50

ENTRETIENS SUR LE SUICIDE, ou, Courage
religieux, opposé au Courage Philosophique
et Réfutation des principes de Jean-Jacques
Rousseau, de Montesquieu, de Madame de
Staël, en faveur de Suicide, par M. N. S.
Guillon, petit in-12, fig. . . 2 f. 25 c.

Entretiens sur la pluralité des Mondes, par de
Fontenelle, nouv. édit. gr. in-18. 1 f. 50.

Histoire des Révolutions de Portugal, par l'abbé
de Vertot, bonne édition, in-12. . 2 f.

Magasin des enfans, 4 v. p. in-12. . 4 f.

Morale en action, in-12. n. édit. 2 fr. 50 c.

Mort d'Abel, par Gessner, in-18. 1 f. 25 c.

Théâtre français, ou choix de Fables françaises,
à l'usage de l'enfance et de la jeunesse, par
J. Brunel, d'Arles, 1 vol. in-18. . 1 fr.

Religion (la) vengée et triomphante, poëme en
dix chants, Bernis, in-8°. avec portrait. 3 f.

Théâtre des Maisons d'Éducation, par L. F.
Jauffret, dédié à M. Nompère de Champagny,
proviseur du Lycée de Lyon, 1 vol in-12, de
400 pages. . . . 2 fr. 50 c.

Veillées du Pensionnat, par L. F. Jauffret,
directeur du collège à Montbrison, faisant
suite au Théâtre des Maisons d'Éducation,

et renfermant des dialogues amusans et ins-
tructives sur toutes sortes de sujets , in-12
de 400 pages.   2 f. 50 c

Voyages du jeune Anarcharsis en Grèce, 7 vol.
in-12.   14 f.
l'atlas séparément.   9 f.

Lafontaine et tous les fabulistes ou Lafontaine
comparé avec ses modèles et ses imitateurs
nouv. éd. avec des observations critiques,
gram. litt. et des notes d'histoire naturelle,
par M. N. S. Guillon , 2 v. in-8.   12 f.

Heures nouvelles dédiées à l'enfance & à la
jeunesse ; in.32.   75 c.

Abécédaire des Enfans, ou la vraie manière
d'apprendre à parler , à lire et à écrire correctement la langue française , par le moyen
d'une petite grammaire simplifiée, terminée
par 35 quatrains instructifs, in-12. 75 c. 1 f.
relié en parchemin.   90 c

Abécédaire savant , où l'art de très-bien lire
en moins de trois mois , contenant une méthode abrégée de lecture ; des pensées choisies
et des prières ; divisées par syllabes ; extrait
d'hist. naturelle , etc. in-12.   75 c. & 1 f.
relié en parchemin.   90 c.

Abrégé d'arithmétique, in-12 rel. parch.   75 c
= de la gramm. franç. à l'usage des deux sexes,
pour apprendre aisément cette langue, d'après
Buffier, Restaut et Wailly, in-12, rel. p.   1 f.
= de la Grám. fr. de Restaut , n. éd. augm. 80 c

Second livre de l'enfance , ou petite grammaire
simplifiée , terminée par des petites fables à
la portée des enfans.   20 c. & 25 c

Quadrille des enfans, où nouveau système de
lecture, avec figures, in-8.   2 f.

Tableaux abécédaires , en très-gros caractères,
sur deux grandes feuil. pour les écoles. 40 c.

AVERTISSEMENT.

On a voulu rendre service à l'Éducation, on a cru bien mériter et des Maîtres et des Élèves, en rassemblant dans un volume portatif ce qui a été donné sur cette matière, par MM. de Fénélon et Fleury, et par le sage Rollin; on y a joint quelques Pièces particulières, telles que l'Avis d'une Mère à sa Fille, par M.me de Lambert, et les Instructions d'un Père à ses Filles, par le docteur Grégory, Professeur à l'Université d'Edimbourg : Opuscule qui a été réimprimé vingt fois en Angleterre; enfin des Morceaux détachés d'Hallifax et de Dupuis-la-Chapelle, Écrivains justement considérés.

C'est donc un Manuel d'éducation qu'on présente ici dans la circonstance où un Gouvernement paternel paraît fixer ses regards sur l'Institution des Jeunes Personnes, cette partie si essentielle de l'organisation sociale ; puisqu'elle a pour but de préparer des Mères et des Épouses à la génération qui nous suit, et de ranimer des principes moraux que la plus terrible des Révolutions avait presque entièrement plongés dans l'oubli et la désuétude.

TABLE

DES MATIÈRES

DE LA Ire PARTIE.

CHAPITRE III.

FIN DE LA TABLE.

MORCEAUX CHOISIS

De Fénélon, de Rollin, de Fleury, d'Hallifax, de M.me de Lambert et de Dupuy,

Sur l'Education des jeunes personnes.

~~~~~~~~~~~~~~~~~~~~~~~~~~~~~~~~~~~~~

CHAPITRE I.er

De la Religion.

~~~~~~~~~~~~~~~~~~~~~~~~~

La Religion est la sublime raison
exaltée et perfectionnée; elle règne
dans la région supérieure de l'esprit
où il se trouve moins de nuages ou
de brouillards pour l'obscurcir ou
l'éclipser. Elle purifie notre esprit,
et le dégage des soins terrestres qui
nous environnent. Elle n'a besoin
ni des espérances ni des terreurs
qu'on met en usage pour nous exciter à la pratiquer. Elle n'oblige
point à s'abbaisser jusqu'à emprunter

des arguments pour nous la prouver, qui lui soient étrangers, puisque nous trouvons en elle-même tout ce que nous pouvons desirer pour lui être fidèles : si nous sommes assez heureux pour y être attachés par des liens solides, elle est capable de l'emporter sur tous les plaisirs que l'univers corrompu pourroit nous offrir. Dans toutes les choses où la raison doit être admise pour juger de leur valeur, la religion aura l'avantage comme étant la plus belle de toutes, et la seule capable de combler nos desirs.

Ces principes une fois établis, la religion est digne que vous l'embrassiez de bonne heure, et que vous ne la considériez pas seulement comme une ressource. La plupart des femmes, lorsque l'âge a flétri leurs appas, et qu'elles s'apperçoivent que la perte de leurs agrémens les fait oublier du genre humain, se parent d'une dévotion affectée pour jouer encore un rôle dans le monde. Nos temples leur servent d'asyle, lorsqu'elles se voyent accablées d'un dédain et d'un mépris qui s'accroissent à chaque instant, et qui, loin de s'arrêter, les suivent jusqu'au pied des autels. Une pénitence ainsi tardive n'est pour l'ordinaire qu'un masque qui sert à cacher le tourment affreux qu'elles ressentent de n'être plus belles. Cette réflexion les désespère, et leur arrache des soupirs et des larmes qui paroissent aux yeux du public être versées pour une meilleure fin.

D'autres ont une dévotion qui ressemble fort à la fièvre par ses accès et ses interruptions : tantôt vous les voyez dans la tiédeur et le relâchement, d'autres fois ravies et en extase, et transportées d'amour de Dieu. Il n'y a rien que vous ne deviez mettre en usage pour éviter ces inégalités : votre règle doit être de mener toujours une vie égale, constamment affermie dans le bien : que semblable à une source d'eau vive, elle puisse fournir sans cesse à l'exercice continuel de la vertu. Votre dévotion doit être ardente, sincère et dégagée de toute contrainte. Ainsi que vos autres devoirs, elle doit faire votre bonheur, autrement elle vous sera inutile : voici donc ce qui doit vous servir de règle pour juger de votre propre cœur.

Tant que vous accomplirez vos devoirs avec joie, c'est une preuve évidente qu'ils sont gravés dans votre ame, et que par conséquent l'observation en est sincère de votre part. Mais s'ils sont une gêne pour vous ; et que vous ne vous y prêtiez qu'avec peine, c'est une marque que votre cœur y résiste ; et tant que cette résistance durera, vous ne pouvez jamais être entièrement sûre de vous.

S'il vous arrive souvent d'être inquiète et agitée; si les accidents et les malheurs inévitables de la vie vous touchent trop sensiblement ; c'est une preuve que votre dévotion est chancelante et mal affermie ; puisqu'il s'y trouve encore tant d'alliage : celle qui est sincère et sans mélange, ne permet pas qu'aucun revers puisse nous troubler. Semblable à un baume salutaire, elle adoucit l'aigreur du sang, elle calme et dissipe les afflictions de l'esprit. Une ame toute entière à ce sentiment, a le privilège d'être délivrée des passions, comme quelques climats heureux sont exempts des bêtes venimeuses. Si vous avez le bonheur de posséder une dévotion si pure ; elle vous élevera au-dessus de tous les chagrins auxquels le commun des hommes est exposé, faute d'un

tel secours. Elle vous accoutumera
par degrés non pas à une stupide
indifférence, mais à une résignation
si sage et si soumise, que vous pourrez vivre au milieu de l'univers,
comme s'il ne faisoit que vous envi-
ronner : semblable à vos vêtemens
qui vous touchent sans vous affecter,
parce que votre esprit et votre cœur
n'y sont point attachés.

Prenez garde sur-tout à ne pas
tomber dans l'erreur commune, en
décidant des jugements que Dieu
doit porter sur les différentes actions
des hommes. Nos vues sont trop
courtes et notre esprit trop limité,
pour que nous puissions faire avec
équité le partage et la distribution
de sa miséricorde et de sa justice : il
a jeté sur tous ses desseins un voile
épais, qui ne nous permet pas de
prononcer, sans son ordre exprès,
la sentence du genre humain; nous
en arroger le droit, ce ne seroit pas

seulement une imprudence, ce seroit
une espèce de sacrilège. Pour ce qui
est des points fondamentaux de la
foi, ne vous écartez jamais de ceux
de la religion dans laquelle vous êtes
née ; non-seulement parce qu'elle
est la meilleure en elle-même, mais
parce que la raison de s'y arrêter sur
ce fondement est encore plus forte
pour votre sexe que pour le nôtre,
attendu les recherches immenses que
l'on a faites sur la vérité, dont nous
pouvons être instruits par des lectures
qu'on n'exige pas de vous. L'écriture-
sainte vous instruira assez pour vous
affermir dans votre croyance ; et
lorsque votre esprit sera suffisamment éclairé pour vous convaincre
de la certitude de votre religion, ce
que vous pourrez faire de mieux,
sera d'écarter avec tant de soins tous
les doutes et les vains scrupules,
qu'ils ne puissent jamais venir troubler le repos de votre ame.

Souffrez qu'en finissant, je vous donne encore un précepte pour être parfaitement instruite de tous vos devoirs, (ce qui ne vous manquera jamais si vous le desirez de bonne foi;) le voici en peu de mots: perfectionnez votre jugement, et pratiquez la vertu. Si vous êtes assez heureuse pour acquérir ces deux avantages, il n'est pas plus sûr qu'il y a un Dieu, qu'il est certain que par lui toutes les vérités nécessaires à votre salut vous seront révélées.

HALLIFAX.

AU-DESSUS de tous vos devoirs, est le culte que vous devez à l'être suprême. La religion est un commerce établi entre Dieu et les hommes; par la grace de Dieu aux hommes, et par le culte des hommes à Dieu. Les ames élevées ont pour Dieu des sentiments et un culte à part, qui ne ressemble point à celui du peuple; tout part du cœur, et va à Dieu. Les vertus morales sont en danger sans les chrétiennes. Je ne vous demande point une piété remplie de foiblesse et de superstition; je demande seulement que l'amour de l'ordre soumette à Dieu vos lumières et vos sentiments, que le même amour de l'ordre se répande sur votre conduite; il vous donnera la justice, et la justice assure toutes les vertus.

La plupart des jeunes gens croient aujourd'hui se distinguer en prenant un air de libertinage, qui les décrie auprès des personnes raisonnables; c'est un air qui ne prouve pas la supériorité de l'esprit, mais le déréglement du cœur. On n'attaque point la religion, quand on n'a point intérêt de l'attaquer; rien ne rend plus heureux que d'avoir l'esprit

persuadé , et le cœur touché : cela
est bon pour tous les tems. Ceux
même qui ne sont pas assez heureux
pour croire comme ils doivent , se
soumettent à la religion établie : ils
savent que ce qui s'appelle préjugé ,
tient un rang le plus élevé dans le
monde , et qu'il faut le respecter.

Rien n'est plus heureux et plus
nécessaire que de conserver un
sentiment qui nous fait aimer et
espérer : qui nous donne un avenir
agréable : qui accorde tous les tems :
qui assure tous les devoirs : qui ré-
pond de nous à nous-mêmes, et qui
est notre garant envers les autres.
De quel secours la religion ne vous
sera-t-elle pas contre les disgraces
qui vous menacent? car un certain
nombre de malheurs vous est des-
tiné. Un ancien disoit : *qu'il s'en-
veloppoit du manteau de sa vertu* ;
enveloppez-vous de celui de votre
religion, elle vous sera d'un grand

secours contre les foiblesses de la jeunesse , et un asile assuré dans un âge plus avancé.

Les femmes qui n'ont nourri leur esprit que des maximes du siècle , tombent dans un grand vuide en avançant dans l'âge : le monde les quitte, et leur raison leur ordonne aussi de le quitter. A quoi se prendre ? le passé nous fournit des regrets ; le présent , des chagrins ; et l'avenir, des craintes. La religion seule calme tout, et console de tout ; en vous unissant à Dieu , elle vous réconcilie avec le monde et avec vous-même.

Il y a , dit-on , deux préjugés auxquels il faut obéïr : la religion et l'honneur. C'est mal parler que de traiter la religion de préjugé : le préjugé est une opinion qui peut servir à l'erreur comme à la vérité ; ce terme ne doit s'appliquer qu'aux choses incertaines ; et la religion ne l'est pas.   M.me DE LAMBERT.

ENTRE les instructions nécessaires
à tout le monde, le soin de l'ame
est le plus pressant; et il importe
plus de bien conduire la volonté,
que d'étendre les connoissances. La
première étude doit donc être celle
de la vertu. Tous les hommes ne
sont pas obligés d'avoir de l'esprit,
d'être savans ou habiles dans les affaires, de réussir dans quelque pro-
fession; mais il n'y a personne, de
quelque sexe et de quelque condition
que ce soit, qui ne soit obligé à bien
vivre. Tous les autres biens sont
inutiles sans celui-ci, puisqu'il en
montre l'usage : on n'en a jamais
assez, et la plupart des gens en ont
si peu, que l'on voit bien la difficulté de l'acquérir. On ne peut donc
y travailler de trop bonheur, et il
ne faut pas croire qu'il faille différer
la morale, jusqu'à la fin des études,

et

et ne lui donner qu'un peu de tems, pour passer ensuite à une autre étude. Il faut la commencer dès le berceau, du moins, dès que l'on vous met un enfant entre les mains, et la continuer tant qu'il est sous votre conduite. Encore n'avez-vous rien fait, s'il ne sort d'avec vous, résolu de s'y appliquer toute sa vie. Je sais bien que c'est à l'église que les fidèles doivent apprendre la morale et la religion, et que les véritables professeurs de cette science, sont les évêques et les prêtres. Mais on ne voit que trop, combien le fruit des instructions publiques est petit; à moins qu'elles ne soient préparées et soutenues par les instructions domestiques.

Il y faut observer diverses méthodes, suivant les divers états du disciple; lui en parler beaucoup moins dans le commencement, que quand la raison commence à se développer;

2

et augmenter toujours à mesure
qu'elle se fortifie. D'abord, il ne faut
que poser des maximes sans en
rendre raison , le tems viendra de le
faire : et comme je suppose une morale chrétienne, dont les préceptes
sont fondés sur les dogmes de la foi,
je voudrois commencer par ces dogmes toute l'instruction d'un enfant.
J'en ai déjà touché un mot, quand
j'ai dit qu'il faut commencer par
leur apprendre des faits , et marqué
les premiers faits qui devroient avoir
place dans leur mémoire. Car on
doit leur donner les premières instructions de religion dès le tems où
j'ai dit qu'il ne faudroit point encore
leur faire de leçon réglée; ayant
soin de leur dire à toutes occasions
beaucoup de faits et beaucoup de
maximes, afin qu'ils eussent des
principes pour raisonner, quand la
force de s'appliquer et l'habitude de
penser de suite leur seroit venue.

Ces discours seroient comme les semences que l'on jette au hasard , et
qui germent et produisent plus ou
moins, selon que la terre est fertile,
et que le ciel est favorable.

Je ne m'étendrai point ici sur la
méthode particulière d'enseigner la
religion. On peut voir ce que j'en
ai dit, dans la préface du catéchisme
historique. Quand les enfans auront
appris ce catéchisme ou quelqu'autre
meilleur, et qu'ils seront capables
de lire l'écriture-sainte , il faut
prendre soin de leur en faire connoître les beautés extérieures , je
veux dire l'excellence des différents
styles. Qu'ils voyent dans les histoires combien les faits sont choisis
et arrangés, combien la narration
est courte, vive et claire tout ensemble. Qu'ils remarquent dans les
poésies, la noblesse de l'élocution,
la variété des figures, la hauteur
des pensées : dans les livres de mo-

rale, l'élégance et la briéveté des
sentences : dans les prophêtes, la
véhémence des reproches et des me-
naces, et la richesse des expressions.
Qu'on leur fasse connoître tout cela,
par la comparaison des auteurs prophanes, que les savans estiment tant:
et qu'on ne manque pas de les
avertir que les traductions ne peuvent atteindre à la beauté de la
langue originale. Les mêmes auteurs
prophanes serviront encore à leur
apprendre les mœurs de cette première antiquité, et à faire qu'ils ne
s'étonnent point de quantité de manières d'agir et de parler, qui scan-
dalisent les ignorans, quand ils
lisent l'écriture : c'est ce que j'ai
essayé de faire dans les *Mœurs des
Israélites.*

Je crois qu'il seroit bon de leur
donner aussi quelque légère connoissance des Pères, et des autres
auteurs ecclésiastiques. Car il me

semble fâcheux que la plupart des chrétiens, qui ont étudié, connoissent mieux Virgile et Cicéron, que saint Augustin ou saint Chrysostôme. Vous diriez qu'il n'y ait eu de l'esprit et de la science que chez les payens, et que les auteurs chrétiens ne soient bons que pour les prêtres et pour les dévots. Leur titre de saint leur nuit, et fait croire sans doute à la plupart des gens, que leurs ouvrages ne sont pleins que d'exhortations ou de méditations ennuyeuses. On va chercher la philosophie dans Aristote, et on lui donne la torture pour l'ajuster au christianisme, malgré qu'il en ait; et on a dans saint Augustin une philosophie toute chrétienne, du moins la morale, la métaphysique, et le plus solide de la logique : car pour la physique, il ne s'y est pas appliqué. Pourquoi ne cherche-t-on pas de l'éloquence dans saint Chrysostôme,

dans saint Grégoire de Nazianze, et
dans saint Cyprien, aussi bien que
dans Démosthène et dans Cicéron?
et pourquoi n'y cherche-t-on pas la
morale, plutôt que dans Plutarque
ou dans Sénèque? Prudence est véritablement un poëte moindre qu'Ho-
race, mais il n'est pas à mépriser,
puisqu'il a écrit avec beaucoup d'esprit et d'élégance, sans emprunter
les ornements des anciens, qui ne
convenoient point à son sujet. En
un mot, je voudrois qu'un jeune
homme fût averti de bonheur que
plusieurs saints, même des plus zélés
pour la religion et des plus sévères
dans les mœurs, comme S. Basile,
S. Grégoire de Nazianze, S. Athanase, ont été de très-beaux esprits,
et des hommes très-polis; et que
s'ils ont méprisé les lettres et les
sciences humaines, ç'a été avec une
entière connoissance.

De plus, pour faire le contre-poids

des vertus humaines, que l'on voit
dans les grands hommes de l'antiquité grecque ou romaine, je ferois
observer à mon disciple, des vertus
de même genre, encore plus grandes,
et d'autres entièrement inconnues
aux payens, ou dans l'écriture-sainte,
ou dans les histoires ecclésiastiques
les plus approuvées. Je leur ferois
voir la sagesse et la fermeté des
martyrs, par les actes les plus au-
thentiques qui nous restent, comme
ceux de saint Pionius, prêtre de
Smyrne; de saint Euplius, diacre de
Catane en Sicile; du pape saint
Étienne, et tant d'autres dont la
lecture est délicieuse. Je leur ferois
admirer la patience et la pureté an-
gélique des solitaires, par les rela-
tions de saint Athanase, de saint
Jérôme, de Pallade, de Cassien, et
de tant d'autres graves auteurs.
Enfin, je leur ferois connoître ceux
qui ont vécu chrétiennement dans

les affaires du monde et dans les plus grands emplois, comme l'empereur Théodose, sainte Pulchérie, Charlemagne, saint Louis. Quoiqu'il soit nécessaire de connoître qu'il n'y a point de siècle où l'église n'ait eu de grands saints, et de remarquer leurs différents caractères, il importe toutefois, pour prendre une idée grande et sainte du christianisme, de s'arrêter principalement aux premiers siècles, où les vertus étoient plus fréquentes, et la discipline plus en vigueur. Il faut donc bien représenter les mœurs des chrétiens, soit du tems des persécutions, soit du commencement de la liberté de l'église ; leur manière de vivre dans leur domestique, la forme de leurs assemblées, les prières, les jeûnes, l'administration des sacrements, particulièrement de la pénitence. Tout cela peut être fort agréablement raconté. Un jeune homme qui auroit ces idées de la religion, auroit de grands principes de morale, ou plutôt il la sauroit déjà. Car je voudrois pendant ce même tems lui en apprendre les règles, par la lecture de l'écriture-sainte, particulièrement des épîtres et des évangiles des dimanches, des principales fêtes, et du carême, et de quelques petits ouvrages des Pères ; comme des confessions de saint Augustin, des offices de saint Ambroise, de la considération de saint Bernard. Et comme cette étude se feroit petit à petit avec les autres études d'humanités et de philosophie, j'aurois soin en lui faisant lire les auteurs prophanes, de l'avertir de toutes les erreurs qui s'y rencontrent, et de l'imperfection de leur morale la plus pure, en comparaison de la morale chrétienne, afin qu'il n'estimât ces auteurs que ce qu'ils valent.

Il est très-utile d'accoutumer les

enfans à juger de ce qu'ils lisent, et
de leur demander souvent ce qu'il
leur semble d'une telle maxime ou
d'une telle action, et ce qu'ils auroient fait en pareille occasion. On
voit par-là leurs sentiments ; on les
redresse s'ils sont mauvais, et s'ils
sont droits, on les fortifie. Il est bon
aussi de les exercer hors des livres,
sur tous les sujets dont ils entendent
parler, sur les rencontres ordinaires
de la vie, et principalement sur leurs
petits différends, s'ils sont plusieurs,
que l'on élève ensemble : plus la
matière les touchera, et mieux ils
retiendront les maximes. Car il ne
faut pas s'y tromper, l'étude ne consiste pas seulement à lire des livres.
On n'a pas écrit tout ce qu'il est
utile de savoir : et il n'est pas possible de lire tout ce qui est écrit.
Nous devons compter pour une
grande partie de l'étude, la réflexion
et la conversation. Il y a quantité

de chosés qui ne s'apprennent que par tradition et de vive voix ; et il y en a aussi que chacun apprend en observant ce que font les autres, ou en méditant en soi-même. Mais c'est principalement la morale qui s'apprend ainsi. Chacun forme ses maximés, bien moins sur ce qu'il lit que sur ce qu'il entend dire, principalement dans les entretiens familiers, qu'il croit plus sincères que les discours publics : et sur ce qu'il voit faire à ceux qu'il estime les plus raisonnables. De-là vient que l'exemple et l'autorité font un si grand effet pour les mœurs. Car comme il y a peu de gens qui aient la force et la patience de raisonner, sur-tout dans la jeunesse, et que toutefois personne ne veut être trompé, on suit ceux que l'on croit les plus sages ; et on s'arrête bien moins à ce qu'ils disent, qu'à ce qu'ils font ; parce que les actions sont des preuves plus sûres de leurs sentiments que les paroles.

Et voilà la plus grande difficulté, qui se rencontre dans les instructions de morale; je veux dire le mauvais exemple et la corruption des mœurs; non-seulement dans le public, mais souvent aussi dans le domestique. Car vous avez beau dire à un jeune homme ce que vous savez de meilleur, et le convaincre par de vives raisons; il a toujours dans le fond de son ame, un préjugé violent, qui lui rend tous vos raisonnements suspects; et c'est l'opinion commune. Il lui semble que le bon sens veut qu'il la préfère à la vôtre, et qu'il est plus vraisemblable que c'est vous qui vous trompez, que tout le reste des hommes. Que si par malheur le maître laisse voir quelque foiblesse, et qui est l'homme qui n'en montre point? s'il est fâcheux, s'il a des manières désagréables ou singulières; en un mot, s'il vient, par sa faute, ou

autrement

autrement à être haï ou méprisé, la
présomption devient une conviction,
et ses remontrances ne font plus
aucun effet; si ce n'est de nuire à
la vérité, et de rendre les bonnes
maximes odieuses ou ridicules, pour
tout le reste de la vie. On suit bien
plutôt les maximes de ceux que l'on
estime et que l'on aime; et comme
l'on agit par imagination, principalement dans la jeunesse, on estime
ou l'on aime ceux qui sont agréables
ou qui paroissent heureux, les gens
de qualité, les riches, ceux qui ont
bonne mine, qui parlent bien, qui
sont adroits, qui sont propres. Or,
ces qualités éclatantes se rencontrent
plus ordinairement dans ceux qui
ont le moins de vertu, et plus rarement dans ceux qui enseignent que
dans les autres. D'ailleurs, il se
trouve quelquefois des gens que la
présomption générale fait croire
sages et vertueux, et qui ne le sont

point en effet ; des pères, des vieil-
lards, des magistrats, et peut-être
même des ecclésiastiques et des religieux. En sorte que les jeunes gens,
les mieux intentionnés, ont bien de
la peine à démêler ceux qu'ils doivent suivre. Cependant les passions
s'élèvent, se fortifient, et sont d'intelligence avec tant d'ennemis qui
attaquent au dehors.

Il ne faut pas nous rebuter pour
toutes ces difficultés. Et quoique
nous ne devions rien espérer, que
par le pouvoir de la grace divine,
il ne faut pas nous contenter d'im-
plorer ce secours par des prières
continuelles ; il faut encore em-
ployer tous les moyens humains. Le
succès qui ne dépend point de nous,
ne nous sera ni compté, ni repro-
ché ; et quoiqu'il arrive du disciple,
le maître sera puni de sa négligence,
ou récompensé de son travail. Aver-
tissez donc celui que vous instruisez,

que pour bien faire, il faut se tirer de la foule, et ne pas suivre le plus grand nombre : prouvez-lui, et par l'autorité de l'évangile, et par la raison ; puisque quelque principe de morale que l'on suppose, tout ce que l'on nommera bien, se trouvera fort rare dans le monde, en comparaison du mal qui lui est contraire. Il y a peu de riches, une infinité de pauvres ; peu de gens dans les plaisirs et dans les honneurs, peu de savans, peu de sages, une infinité de sots et d'ignorans ; très-peu de vertu, en quelque sens que l'on la prenne. Faites-leur remarquer qu'il n'y a presque personne qui agisse conséquemment, et qui suive un même principe bon ou mauvais. Rendez-leur bien sensible le ridicule de ces contradictions, si ordinaires dans la vie. Ce même père qui prêche à son fils en général la sagesse et la vie réglée, tient

devant lui des discours licencieux,
raconte avec plaisir les folies de sa
jeunesse, et l'exhorte à être de belle
humeur et galant avec les dames.
Cette mère qui mène sa fille en diverses dévotions, la mène aussi au
bal et à la comédie ; et tenant d'une
main le catéchisme qu'elle lui fait
répéter, de l'autre elle lui met des
rubans ou des mouches, pour la
parer. On ne peut éviter de tomber
dans ses absurdités, qu'en s'atta-
chant à un seul principe avec une
fermeté inébranlable.

En effet, il n'y a point de morale,
si elle n'est parfaitement une, et
bâtie toute entière sur un même
plan. Il ne faut donc point parler de
morale humaine, de sagesse mon-
daine, de politique ou de prudence
du siècle. Il n'entrera pas seulement
dans l'esprit de votre élève, que
tout cela doive être balancé tant
soit peu avec les maximes de l'évan-

gile, si vous lui faites bien comprendre, qu'il faut être chrétienne
tout-à-fait, ou ne l'être point du
tout; qu'il ne sert de rien de l'être à
demi; et qu'à moins d'être assez
abandonnés de Dieu pour renoncer
à notre baptême, c'est nous démen-
tir nous-mêmes, que de ne pas suivre
sans réserve la loi que nous recon-
noissons pour divine. Mais il ne
sera pas inutile pour affermir une
jeune personne dans cette doctrine,
de détruire quelques calomnies assez
grossières, que l'on forme souvent
contre la piété chrétienne. Il y en a
qui la connoissent assez peu, pour
s'imaginer qu'elle autorise, ou que
du moins elle excuse la sottise et la
lâcheté; et que l'habileté et l'élévation de cœur, ne sont des vertus que
selon le monde.

Cependant la prudence et la force
de courage, sont des vertus recom-
mandées dans l'écriture, aussi-bien

3...

que la tempérance et la justice ; et les vices qui leur sont contraires, ne rendent pas moins coupables devant Dieu, que devant les hommes. La différence est que souvent les hommes ne sont pas assez raisonnables pour excuser les défauts purement involontaires. On accuse encore la dévotion de rendre les gens tristes, et, si l'on osoit le dire, malheureux, parce qu'on voit en effet beaucoup de ceux qui passent pour dévôts être chagrins, critiques et plaintifs ; mais rien n'est plus éloigné de l'esprit du christianisme. C'est un esprit de douceur, de tranquillité et de joie : et la mélancolie est comptée par les plus anciens spirituels, entre les sept ou huit sources de tous les péchés, comme la gourmandise et l'impureté.

Outre ces considérations et plusieurs autres semblables, qui serviront à affoiblir les obstacles de la

morale, ou à les lever tout-à-fait,
suivant le talent du maître et la docilité du disciple, la méthode est
de grande conséquence : car il n'y
a point de partie des études qui demande tant d'art et tant de soin. Si
on charge d'abord les enfans de trop
de préceptes, on les fatigue et on
les rebute; ou s'ils y prennent plaisir, ils s'accoutument à faire les
prudes, et à moraliser avant le tems.
On les admire et on les loue des
beaux discours qu'ils répètent, ce
qui leur donne beaucoup de vanité.
Cependant ils ne laissent pas d'agir
en enfans, c'est-à-dire, de suivre
leurs passions; de sorte qu'ils s'accoutument de si bonne heure à bien
dire et à mal faire, qu'ils deviennent
plus incorrigibles que les autres;
parce que les belles maximes qu'ils
savent par cœur, quoiqu'ils ne les
pratiquent pas, ne les touchent plus,
et qu'ils croyent en savoir davantage

que ceux qui les veulent redresser.
Il est encore fort dangereux de leur
faire faire réflexion sur leurs défauts,
sans les faire travailler sérieusement
à s'en corriger : autrement ces réflexions se termineront à ces vains
discours des précieuses, qui rompent
la tête à tout le monde de leurs défauts, comme de leurs indispositions,
par vanité toute pure, pour se faire
admirer, et se distinguer de tout le
genre humain, par leur délicatesse
et la bizarrerie de leurs sentiments :
j'ai, disent-elles, une peur effroyable du tonnerre : j'ai une aversion
inconcevable des sottes gens : je ne
puis avoir de patience avec mes
valets : je m'emporte à tous moments;
et cent autres sottises pareilles, dont
elles se plaignent, comme de leurs
migraines et de leurs vapeurs. Rien
n'est plus pernicieux à un enfant,
que de l'accontumer à ce langage.
Le plus sûr est de le faire agir,

autant qu'il dépend de vous, et lui rendre sensible, tout ce que vous lui dites, par ses propres expériences. Tel homme a beaucoup ouï parler de morale, et en a beaucoup parlé lui-même, qui ne s'est pas encore avisé, que ce que l'on appelle passions, sont ces émotions qu'il sent si vivement dans son cœur et dans ses entrailles, quand il craint, quand il desire, quand il est en colère. Il s'est accoutumé d'en parler comme du ciel, des astres et de tout ce qui est hors de nous. Il faut donc montrer aux jeunes gens, au doigt et à l'œil, pour ainsi dire, ce que c'est que chaque vertu, chaque vice, chaque passion, et en ceux qui les environnent, et principalement en eux-mêmes. Mais il faut sur-tout, comme j'ai dit, leur faire pratiquer ce qu'ils savent : en quoi on a besoin d'une grande patience et d'une grande discrétion. Ils sont foibles et légers ; à tous moments ils tombent et retombent dans les mêmes fautes. Ils oublient aisément toute leur morale, à la présence d'un nouvel objet de plaisir : quand même ils s'en souviendroient, ils n'ont pas la force de résister. Vouloir qu'ils acquièrent en peu de jours cette fermeté, c'est vouloir qu'une jeune plante ait du jour au lendemain un tronc solide et de profondes racines. Il faut espérer beaucoup du tems, et ne se pas ennuyer de labourer souvent et d'arroser tous les jours.

Cette légèreté des enfans est véritablement difficile à supporter ; mais ne la haïssons-nous point, plutôt parce qu'elle nous incommode, que parce qu'elle leur nuit ? Rentrons en nous-mêmes : sommes-nous à proportion beaucoup plus raisonnables à l'âge parfait où nous sommes ? N'avons-nous pas aussi bien qu'eux nos passions ; ne sommes-nous pas

attachés à notre plaisir ? Et si ce qui
nous divertit, nous paroît plus solide,
peut-être paroît-il encore plus ridicule à des hommes plus sages que
nous ? Faisons la comparaison juste;
remettons-nous à l'âge de notre disciple, et repassons de bonne foi
quelles étoient alors nos pensées :
nous trouverons que tous les enfans
sont à-peu-près semblables. Je ne
dis pas pour cela que nous devions
négliger dans les autres, les défauts
que nous avons; ni qu'ils doivent en
prendre avantage s'ils viennent à
les reconnoître; mais je dis que cette
considération nous doit rendre fort
doux et fort patiens, de peur qu'en
pressant trop un jeune homme de
monter tout d'une haleine à la plus
haute vertu, par des chemins trop
difficiles, nous ne le précipitions
dans le désespoir. Il faut donc mé-
nager extrêmement les instructions
de morale, et les proportionner à

l'ouverture d'esprit du disciple, et
encore plus à la force de son ame.
Il faut être toujours attentif, pour
épier les occasions de les faire utilement, sans s'arrêter à l'ordre que
l'on s'est proposé dans les études.
Souvent à l'occasion d'une faute,
que votre disciple aura faite, ou
d'une réflexion qui viendra de lui-
même, ou que vous lui ferez faire,
en lisant une histoire ou un livre
d'humanités, vous trouverez lieu
de l'instruire de quelque maxime
importante, ou de le tirer de quelque
erreur. Ne perdez pas ces conjonc-
tures si précieuses; quittez tout
pour la morale : les occasions de lui
enseigner l'histoire ou les humanités
reviendront assez; mais il ne revien-
dra peut-être pas dans une disposition si favorable; et ce que l'on dit
ainsi comme hors d'œuvre, et comme
sans dessein, profite beaucoup plus,
pour l'ordinaire, que ce que l'on
dit

dit dans une leçon en forme, où l'écolier est sur ses gardes, parce qu'il voit que vous voulez parler de morale. Il ne faut point craindre les digressions, qui vont à quelque chose de plus utile, que le sujet que l'on s'étoit proposé.

FLEURY.

CHAPITRE II.

Morale et conduite dans le monde.

Mme DE LAMBERT A SA FILLE.

UNE jeune personne qui entre dans le monde, a une haute idée du bonheur qu'il lui prépare : elle cherche à la remplir ; c'est la source de ses inquiétudes : elle court après son idée, elle espère un bonheur parfait ; c'est ce qui fait la légèreté et l'inconstance.

4

Les plaisirs du monde sont trom-
peurs, ils promettent plus qu'ils ne
donnent : ils nous inquiètent dans
leur recherche, ne nous satisfont
point dans leur possession, et nous
désespèrent dans leur perte.

Il faut être persuadé que la perfection et le bonheur se tiennent :
que vous ne serez heureuse que par
la vertu, et presque jamais malheureuse que par le déréglement. Que
chacun s'examine à la rigueur, il
trouvera qu'il n'a jamais eu de dou-
leur vive, qu'il n'y ait donné lieu
par quelque défaut, ou par le
manque de quelque vertu. Le
chagrin suit toujours la perte de
l'innocence ; mais il y a à la suite
de la vertu un sentiment de douceur, qui paye comptant ceux qui
lui sont fidèles.

Pour fixer vos desirs, pensez que
vous ne trouverez point hors de

vous de bonheur solide ni durable.
Les honneurs et les richesses ne se
font point sentir long-tems ; leur
possession donne de nouveaux desirs, l'habitude aux plaisirs les fait
disparoître. Avant que de les avoir
goûtés, vous pouvez vous en passer;
au lieu que la possession vous a
rendu nécessaire ce qui étoit super-
flu : vous êtes plus mal à votre aise
que vous n'étiez devant : en les pos-
sédant, vous vous y accoutumez, et
en les perdant, ils vous laissent du
vuide et du besoin. Ce qui se fait
sentir, c'est le passage d'un état à
un autre : c'est l'intervalle d'un tems
malheureux à un tems heureux.
Dès que l'habitude est formée, le
sentiment du plaisir s'évanouit. On
y gagneroit, si on pouvoit tout
d'un coup tirer de sa raison, tout
ce qu'il faut pour son bonheur ;
l'expérience nous renvoie à nous-
mêmes ; épargnez-vous ce qu'elle

coûte, et dites-vous de bonne heure
d'une manière ferme, et qui vous
fixe : *la vraie félicité est dans la
paix de l'ame , dans la raison,
dans l'accomplissement de nos devoirs*. Ne nous croyons heureuses ,
que lorsque nous sentirons nos plaisirs naître du fond de notre ame.

Souvenez-vous qu'on vous par-
donnera plutôt vos défauts , que
l'affectation à vous parer des vertus
que vous n'avez pas. La fausseté est
l'imitation du vrai : l'homme faux
paye de mine et de discours; l'homme
vrai paye de conduite. Il y a long-
tems qu'on a dit que l'hypocrisie
est un hommage que le vice rend à
la vertu : mais il ne suffit pas d'avoir
les vertus principales pour plaire ,
il faut encore avoir les qualités
agréables et liantes.

On peut beaucoup déplaire avec
beaucoup d'esprit , lorsqu'on ne
s'applique qu'à chercher les défauts

d'autrui, et à les exposer au grand
jour. Pour ces sortes de gens qui
n'ont de l'esprit qu'aux dépens des
autres, ils doivent souvent penser
qu'il n'y a point de vie assez pure,
pour avoir droit de censurer celle
d'autrui.

La raillerie qui fait une partie des
amusements de la conversation, est
difficile à manier. Les personnes
qui ont besoin de médire, et qui
aiment à railler, ont une malignité
secrète dans le cœur. De la plus
douce raillerie à l'offense, il n'y a
qu'un pas à faire : souvent le faux
ami, abusant du droit de plaisanter,
vous blesse ; mais la personne que
vous attaquez a seule droit de juger
si vous plaisantez : dès qu'on la
blesse, elle n'est plus raillée, elle
est offensée.

L'objet de la raillerie doit tomber
sur des défauts si légers, que la
personne intéressée en plaisante

4..

elle-même. La raillerie délicate est un composé de louange et de blâme. Elle ne touche légèrement sur de petits défauts, que pour mieux appuyer sur de grandes qualités. M. de la Rochefoucault dit : *que le déshonorant offense moins que le ridicule;* je penserois comme lui, par la raison qu'il n'est au pouvoir de personne d'en déshonorer une autre ; c'est notre propre conduite et non les secours d'autrui qui nous déshonorent : les causes du déshonneur sont connues et certaines ; le ridicule est purement arbitraire. Il dépend de la manière que les objets se présentent, de la manière de penser et de sentir. Il y a des gens qui mettent toujours des lunettes du ridicule : ce n'est pas la faute des objets, c'est la faute de ceux qui les regardent : cela est si vrai, que telles personnes à qui on donneroit du ridicule dans certaines sociétés, seroient admirées dans d'autres, où il y aura de l'esprit et du mérite.

C'est aussi par l'humeur, qu'on plaît et qu'on déplaît ; les humeurs sombres et chagrines, qui panchent vers la misanthropie, déplaisent fort.

L'humeur est la disposition avec laquelle l'ame reçoit l'impression des objets ; les humeurs douces ne sont blessées de rien, leur indulgence les sert, et prête aux autres ce qui leur manque.

La plupart des hommes s'imaginent qu'on ne peut travailler sur l'humeur ; ils disent : *je suis né comme cela*, et croyent que cette excuse leur donne le droit de n'avoir aucune attention sur eux. De pareilles humeurs ont assurément le droit de déplaire : les hommes ne vous doivent qu'autant que vous leur plaisez. Les règles pour plaire, sont de s'oublier soi-même, de ramener les autres à ce qui les inté-

resse, de les rendre contents d'eux-
mêmes, de les faire valoir, et de leur
passer les qualités qui leur sont con-
testées. Ils croyent que vous leur
donnez ce que le monde ne leur
accorde pas : c'est en quelque sorte
créer leur mérite, que de les re-
hausser dans l'idée d'autrui ; mais
il ne faut pas pousser cela jusqu'à
l'adulation.

Rien ne plaît tant que les personnes sensibles, qui cherchent à
se lier aux autres.

Faites ensorte que vos manières
offrent de l'amitié et en demandent.
On ne sauroit être aimable, à moins
de connoître l'amitié : c'est elle qui
corrige les vices de la société. Elle
adoucit les humeurs farouches : elle
rabaisse les glorieux, et les remet à
leur place. Tous les devoirs de l'honnêteté sont renfermés dans les devoirs de la parfaite amitié.

L'amour de l'estime est aussi

l'ame de la société ; il nous unit les uns aux autres ; j'ai besoin de votre approbation, vous avez besoin de la mienne : en s'éloignant des hommes, on s'éloigne des vertus nécessaires à la société : car quand on est seul, on se néglige ; le monde vous force à vous observer.

La politesse est la qualité la plus nécessaire au commerce : c'est l'art de mettre en œuvre les manières extérieures, qui n'assurent rien pour le fond. La politesse est une imitation de l'honnêteté, et qui présente l'homme au-dehors, tel qu'il devoit être au-dedans : elle se montre en tout, dans l'air, dans le langage et dans les actions.

Il y a la politesse de l'esprit et la politesse des manières. Celle de l'esprit consiste à dire des choses fines et délicates : celle des manières, à dire des choses flatteuses, et d'un tour agréable.

Je ne renferme pas seulement la politesse dans ce commerce de civilités et de compliments, que l'usage a établi ; on les dit sans sentiment : on les reçoit sans reconnaissance : on surfait dans ce genre de commerce, et on en rabat par l'expérience.

La politesse est un desir de plaire aux personnes avec qui l'on est obligé de vivre, et de faire ensorte que tout le monde soit content de nous; nos supérieurs, de nos respects: nos égaux, de notre estime : et nos inférieurs de notre bonté. Enfin elle consiste dans l'attention de plaire, et de dire à chacun ce qu'il lui convient. Elle fait valoir leurs bonnes qualités : elle leur fait sentir qu'elle reconnoît leur supériorité : quand vous saurez les élever, ils vous feront valoir à leur tour; ils vous donneront sur les autres la place que vous voulez bien leur céder : c'est l'intérêt de leur amour-propre.

Le moyen de plaire, ce n'est point
de faire sentir la supériorité, c'est
de la cacher ; c'est habileté que
d'être poli , on vous en quitte à
meilleur marché.

La plupart du monde ne demande
que des manières qui plaisent ; mais
quand vous ne les avez pas, il faut
que vos bonnes qualités doublent.
Il faut avoir bien du mérite pour
percer au travers des manières grossières : il faut aussi ne point laisser
voir trop d'attention sur vous-même ;
une personne polie ne trouve jamais
le tems de parler de soi.

Vous savez quelle sorte de politesse est nécessaire avec les femmes.
A présent il semble que les jeunes
gens se soient permis d'y manquer ;
cela sent l'éducation négligée.

Rien n'est plus honteux que d'être
grossier volontairement ; mais ils
ont beau faire, ils n'ôteront point
aux femmes la gloire d'avoir formé

ce que nous avons eu de plus honnêtes gens dans le tems passé. C'est à elles qu'on doit la douceur des mœurs, la délicatesse des sentiments, et cette fine galanterie de l'esprit et des manières.

Il est vrai qu'à présent la galanterie extérieure est bannie; les manières ont changé, et tout le monde y a perdu; les femmes, l'envie de plaire, qui est la source de leurs agréments; et les hommes, la douceur et cette délicate politesse, qui ne s'acquièrent que dans leur commerce. La plupart des hommes croyent ne leur devoir ni probité, ni fidélité; il semble qu'il soit permis de les trahir, sans intéresser sa gloire. Qui voudroit pénétrer les motifs d'une pareille conduite, les trouveroit bien honteux. Ils sont fidèles les uns aux autres, parce qu'ils se craignent, parce qu'ils savent se faire rendre justice; mais ils manquent

manquent aux femmes impunément
et sans remords. Leur probité n'est
donc que forcée ; elle est plutôt
l'effet de la crainte que de l'amour
de la justice : aussi, en examinant
de près ceux qui se font un métier
de la galanterie, on les trouve souvent de mal-honnêtes-gens. Ils con-
tractent de mauvaises habitudes, les
mœurs se gâtent ; l'amour de la vérité s'affoiblit : on s'accoutume à
négliger sa parole et ses serments.
Quel métier, ou ce que vous faites
de moins mal, c'est d'arracher les
femmes à leur devoir, de déshonorer les unes, de désespérer les autres;
où souvent un malheur certain est
toute la récompense d'un attachement sincère et constant!

Quand vous aurez quelque usage
du monde, vous connoîtrez qu'il
n'est pas nécessaire d'être menacée
par les loix pour vous contenir
dans votre devoir ; l'exemple de

5

celles qui se sont relâchées , les malheurs qui les ont suivis de si près , suffiroient pour arrêter le penchant le plus rapide ; car il n'y a pas une femme galante , qui, si elle veut être sincère , ne vous avoue que c'est le plus grand malheur du monde que de s'être oubliée.

La honte est un sentiment dont on peut tirer de grands avantages en la ménageant bien ; je ne parle point de la mauvaise honte qui ne fait que troubler notre repos , sans tourner au profit de nos mœurs ; je veux dire celle qui nous détourne du mal par la crainte du déshonneur. Il faut l'avouer , cette honte est quelquefois le plus fidèle gardien de la vertu des femmes : très-peu sont vertueuses pour la vertu même.

Quand nous avons le cœur sain, nous tirons parti de tout , et tout se tourne en plaisirs. Nous approchons des plaisirs avec un goût de malade;

souvent nous croyons être délicats
que nous ne sommes que dégoûtés.
Quand on ne s'est pas gâté l'esprit
et le cœur par les sentiments qui sé-
duisent l'imagination, ni par aucune
passion ardente, la joie se trouve
aisément ; la santé et l'innocence
en sont les vraies sources : mais dès
qu'on a eu le malheur de s'accoutumer aux plaisirs vifs, on devient
insensible aux plaisirs modérés. On
se gâte le goût par les divertissemens;
on s'accoutume tellement aux plaisirs ardens, qu'on ne peut se rabattre
sur les simples.

HALLIFAX A SA FILLE.

LE commun des hommes par le
double intérêt de la vanité et des
desirs, est sujet à tourner à son
avantage les moindres actions d'une
femme ; mais il y en a peu qui osent

y faire une application indécente, jusqu'à ce qu'ils ayent apperçu quelque chose d'assez marqué pour avoir lieu d'espérer que leurs senti- ments ne seront pas rejetés. Par conséquent, il est plus sûr de pré- venir leurs empressements que de se mettre dans le cas d'être obligé de les arrêter : car, en ne s'y refu- sant pas dès le commencement, on leur laisse acquérir de la force par degré. La complaisance d'une femme en pareille circonstance est regardée comme une espèce d'aveu du goût qu'elle commence à sentir : de-là, sans qu'elle s'en apperçoive, un homme prend le droit de réclamer ensuite les avantages qu'elle paroît lui avoir donnés en souffrant ses soins sans s'en offenser. Vous ne devez donc rien éviter avec plus de soin que ces politesses trop marquées qu'on peut prendre pour des aga- ceries. Ce ne doit pas être assez pour vous d'être exempte de toute espèce d'engagement criminel : car, si la moindre de vos actions peut faire naître quelque espérance, ou occasionner quelques discours peu mesurés, c'est une tache pour votre réputation, d'autant plus difficile à effacer, que vous la devrez à la fatuité des hommes et à la méchanceté des femmes.

L'AMOUR dans les commencements, ne vous présente que des fleurs, et vous cache le danger, il vous trompe; il prend toujours quelque forme qui n'est pas la sienne ; le cœur d'intelligence avec lui sait vous cacher son penchant, de peur d'alarmer la raison et la pudeur. C'est un simple amusement; c'est l'esprit qui nous touche : enfin, jusques à ce que l'amour se soit rendu le maître, il est presque toujours ignoré. Dès qu'il

5...

s'est fait sentir, fuyez, n'écoutez
point les plaintes de votre cœur;
l'amour ne s'arrache point de l'ame
avec des efforts ordinaires, il a trop
d'intelligence avec notre cœur : dès
qu'il vous a surpris, tout est pour
lui contre vous, et rien ne peut
vous servir contre l'amour. C'est la
plus cruelle situation où une personne raisonnable puisse se trouver ;
ou rien ne vous soutient ; ou vous
n'avez de spectateur que vous-même:
il faut sans cesse ranimer son courage. Songez qu'il vous en faudroit
faire un bien plus triste usage, si
vous vous relâchiez.

Faites réflexion aux funestes suites
des passions, vous ne trouverez que
trop d'exemples pour vous instruire;
mais souvent nous en sommes désa-
busées sans en être guéries. Suppu-
tez, s'il est possible, les maux que
l'amour sait faire : il surprend la
raison ; il jette le trouble dans l'ame

et dans les sens; il enlève la fleur de l'innocence; il étonne la vertu; il ternit la réputation, la honte étant presque toujours à la suite de l'amour. Rien ne vous avilit tant, et ne vous met tant au-dessous de vous-même, que les passions : elles vous dégradent; il n'y a que la raison qui vous conserve votre place. Il est bien plus fâcheux d'avoir besoin de son courage, pour soutenir un malheur, que pour l'éviter : le plaisir de faire son devoir vous console; mais ne vous applaudissez jamais de peur d'être humiliée. Songez que vous portez votre ennemi avec vous : prenez une conduite qui vous réponde de vous à vous-même : fuyez les spectacles, les représentations passionnées; il ne faut point voir ce qu'on ne veut point sentir; la musique, la poésie, tout cela est du train de la volupté. Faites des lectures solides qui fortifient la raison.

Ne soyez point en commerce avec
votre imagination : elle vous pein-
dra l'amour avec tous ses charmes :
tout est séduction, illusion quand
il passe par elle : il y a bien à perdre
quand vous la quittez pour venir à
la réalité. Saint Augustin nous a
peint son état, quand il a voulu
quitter l'amour et les plaisirs : il dit
que ce qu'il aimoit, se présentoit à
lui sous une figure charmante; il
fait une peinture de ce qui se pas-
soit dans son cœur, si vive, qu'on
ne sauroit la lire sans danger. Il faut
passer légèrement sur les tableaux
de la volupté : elle est à craindre
dans les tems où l'on conspire contre
elle; quand on la pleure même, il
s'en faut défier. La passion s'aug-
mente par les retours qu'on fait sur
soi, l'oubli est la seule sûreté qu'on
puisse prendre contre l'amour ; il
faut compter sérieusement avec vous-
même, et vous dire : que veux-je

faire du sentiment qui m'occupe ?
tels et tels malheurs ne m'attendent-
ils pas, si j'ai la foiblesse d'y céder?

Mme DE LAMBERT.

———————

Vous devez être très-attentive à
ne pas flatter des hommes trop
dissipés , au point de leur donner
sujet d'obscurcir votre réputation
qui pourroit être mortellement blessée , quoique vous fussiez sans reproche. Il n'y a pas jusqu'aux femmes mêmes qui ne manqueroient
pas de fortifier les moindres soupçons que vous pourriez donner d'une
conduite équivoque. La plus parfaite d'entr'elles ne seroit pas fâchée
d'augmenter sa valeur propre en
jetant quelque ridicule sur vous ,
si vous en donniez sujet ; parce
qu'elle seroit plus remarquée ; son
mérite plus exalté ; et semblable à
un tableau que les ombres embel-

lissent, elle en brilleroit davantage, par la comparaison flatteuse qu'on pourroit faire d'elle avec une autre femme moins sage ou moins retenue, du moins en apparence. Si des femmes sans reproche se prêtent ainsi à la médisance, en donnant des interprétations malignes aux actions de quelques autres femmes assez imprudentes pour y avoir donné lieu; vous avez encore plus à craindre de la part de celles qui, outre la méchanceté naturelle qu'on reproche à votre sexe ou le desir de vous surpasser, auront encore un intérêt particulier pour ternir, s'il est possible, la réputation d'une femme vertueuse. Il leur semble qu'elles diminuent le poids de leur infamie en la partageant avec une autre; en conséquence, non-seulement elles chargent tous ses défauts, quand elles en trouvent l'occasion, mais elles épient avec soin les

moindres fautes qu'une femme sage
peut commettre, pour se venger de
l'injure qu'elle leur fait, en menant
une vie irrépréhensible, qui, pour
elle, est un reproche continuel. Vous
devez donc être extrêmement prudente avec ces sortes de femmes,
prendre garde d'exciter en elles le
moindre sujet de plaintes, et sur-
tout ne point chercher à vous lier
avec elle trop intimement.

A l'égard des hommes, vous devez
vous conduire avec eux de manière
que vous puissiez être en sûreté,
sans cependant les offenser. Evitez
sur-tout cette retenue affectée qui
sent la mauvaise éducation, et cette
dureté qui ne convient point à votre
sexe, et dont la vraie vertu n'a pas
besoin. Que vos paroles et vos actions soient exemptes de toute espèce
de railleries ou d'une liberté grossière ; que vos regards soient sévères
sans rudesse, et obligeants sans attirer

ou donner à la sotte vanité des hommes le moindre sujet d'espérer. Cet article est très-délicat, et doit vous engager à veiller perpétuellement sur vos yeux, et à vous ressouvenir qu'un coup-d'œil échappé donne plus d'avantage sur vous qu'un très-grand nombre de mots dits au hasard et sans attention ; car le langage des yeux est celui de tous qui signifie le plus, et qu'on entend le mieux.

La politesse dont vous ne devez jamais vous écarter, ne doit pas être portée jusqu'à une condescendance qui puisse vous faire commettre des fautes irréparables. Cette espèce de vertu ambigüe, que les français appellent *complaisance*, a conduit votre sexe dans un plus grand nombre d'erreurs que toutes ses autres imprudences : elle engage insensiblement les femmes à devenir ce qu'on appelle une femme facile,

qui

qui ne sauroit d'elle-même se déter-
miner sur rien, et qui laisse aux
autres le soin de choisir pour elle;
en un mot, une femme qui fait le
bien et le mal sans savoir pourquoi.
Le tems qui par degrés ajoute à la
signification des mots, a fait de ces
sortes de femmes une espèce très-
méprisable. La foiblesse, plutôt que
la bonté prétendue de leur caractère, fait qu'elles regarderoient comme une dureté de ne point se
prêter à ceux ou celles qui auroient
besoin d'une confidente, ou qui
cherchent une maison pour s'y
voir en liberté; elles sont toujours
prêtes à servir de compagnes obli-
geantes et commodes. L'extrême
compassion que leur inspirent les
amants malheureux, fait qu'elles ne
censurent rien que la rigueur, et ne
manquent jamais de trouver des
tournures pour pailler les plus grandes fautes.

6

Cette prétendue nécessité qu'on
se fait de paroître gaie en toute
occasion, est une erreur grossière ;
car pour une jolie femme, cette
manière d'attirer les regards n'est
pas nécessaire, et pour celles qui
ne le sont pas, elle est ridicule.

HALLIFAX.

Tous les vices favorisent l'amour-
propre, et toutes les vertus s'accor-
dent à le combattre : la valeur l'expose, la modestie l'abaisse, la générosité le dépouille, la modération
le mécontente, et le zèle du bien
public l'immole.

L'amour-propre est une préférence
de soi aux autres, et l'honnêteté est
une préférence des autres à soi. On
distingue deux sortes d'amour-propre : l'un naturel, légitime, et réglé
par la justice et par la raison ; l'autre
vicieux et corrompu. Notre premier
objet, c'est nous-mêmes ; et nous ne

revenons à la justice, que par la réflexion. Nous ne savons pas nous aimer ; nous nous aimons trop, ou nous nous aimons mal. S'aimer comme il faut, c'est aimer la vertu : aimer le vice, c'est s'aimer d'un amour aveugle et mal entendu.

Mme DE LAMBERT.

Mme DE LAMBERT.

UNE fille qui n'a été détachée du monde qu'à force de l'ignorer, et en qui la vertu n'a pas encore jeté de profondes racines, est bientôt tentée de croire qu'on lui a caché ce qu'il y a de plus merveilleux. Il vaut beaucoup mieux qu'elle s'accoutume peu-à-peu au monde auprès d'une mère pieuse et discrète, qui ne lui en montre que ce qu'il lui convient d'en voir, qui lui en découvre les défauts dans l'occasion, et qui lui donne l'exemple de n'en user qu'avec modération pour le seul besoin. FÉNÉLON.

De l'Amour du prochain.

Ne considérez ni les avantages de la naissance , ni les biens de la fortune , ni les agréments du corps , ni ceux de l'esprit ou de l'humeur : autrement ce ne sera pas votre prochain que vous aimerez ; ce sera vous-même.

Les différences qu'il y a entre les conditions des hommes n'ont été établies que pour le gouvernement politique. Il étoit nécessaire qu'il y eût des supérieurs et des inférieurs , des personnes pour commander , d'autres pour obéir. Sans cette subordination , le monde auroit été un lieu de confusion et de désordre. Au milieu de l'abondance , on auroit souffert les incommodités de la disette ; personne n'auroit voulu cultiver la terre , faire les moissons, travailler pour les besoins les plus nécessaires à la vie.

Dans la vérité, nous sommes tous égaux; il n'y a pour tous qu'une manière d'entrer dans le monde, qu'une manière d'en sortir: nous venons tous du même principe, et nous y retournons tous.

C'est pourquoi regardez tous les hommes, toutes les femmes, comme vos frères, comme vos sœurs.

Réglez votre estime sur le mérite personnel. Recherchez pour la société les personnes dont l'esprit, l'humeur et les manières vous conviendront le plus. Ces distinctions, ces préférences, ce choix n'ont rien de blâmable; mais que votre charité soit la même pour tous.

―――――――

De l'Orgueil.

L'ORGUEIL s'appelle vanité dans ces personnes qui parlent avantageusement d'elles-mêmes, qui se

6...

croient dignes des plus grands
éloges , qui les mendient , qui en
ont une avidité insatiable , et qui
ne sentent pas le ridicule des plus
grossières flatteries.

L'orgueil est ambition dans ces
personnes toujours en mouvement
pour s'élever aux premières places ,
toujours pleines des projets dans
lesquels elles aspirent à ce qu'elles
n'ont pas droit de prétendre , soit par
leur naissance , soit par leur fortune , soit par leur mérite personnel.

L'orgueil s'appelle présomption
en ces gens qui , pleins de l'idée
de leurs perfections et de leurs
talens , se croient capables de tout ,
même de ce qui est fort au-dessus
de leur portée.

L'orgueil, lorsqu'il nous invite à
étaler aux yeux des hommes notre
prétendu mérite , nos richesses , les
marques de notre élévation , que l'on
met tout en usage pour cela , qu'on

saisit les moindres occasions, qu'on
ne les attend pas, qu'on les fait venir
de force, cet orgueil s'appelle faste,
ostentation.

L'orgueil enfin s'appelle arro-
gance, lorsqu'il nous occupe tellement de l'idée de nos talens,
que nous ne daignons pas faire attention sur ceux d'autrui, et que
nous nous imaginons qu'avoir des
égards et des ménagemens pour
les autres seroit s'abbaisser, s'avi-
lir, s'oublier. C'est la preuve la
moins équivoque de l'orgueil.

De la Colère.

LA colère est à l'ame ce que la
fièvre est au corps. Comme celle-
ci dérange toute l'économie du corps,
la colère trouble et renverse toute
la paix de l'ame. C'est une folie
passagère : si elle duroit plus long-

tems , elle approcheroit de la rage.
C'est un emportement qui , dès
les premières secousses , ébranle
jusqu'aux fondemens la sagesse et
la charité. C'est un oubli de soi-
même , un mépris du prochain ,
des loix divines et humaines, des
régles de la bienséance , de l'amitié,
de la tendresse. C'est un vent , pour
ainsi dire , qui fait couler le sang
dans nos veines avec une impé-
tueuse précipitation. C'est une tempête dans laquelle les yeux , pleins
du feu de la vengeance , jettent des
regards aussi terribles que les éclairs
qui devancent le tonnerre. C'est
un mouvement convulsif , dans lequel le visage le plus gracieux devient le plus horrible à voir. Il
semble que toute la machine va
se dissoudre , que l'ame s'agite et se
tourmente pour en sortir. C'est l'état
le plus indigne d'un homme raisonnable , encore plus d'une fille

chrétienne, qui doit conserver la douceur et la patience au milieu des persécutions les plus injustes et de la plus noire calomnie.

De l'Intempérance de la langue, et du trop parler.

La langue est une des plus petites parties du corps, capable des plus grandes choses : de même que vous voyez qu'une petite étincelle de feu peut embrâser toute une forêt.

Ces comparaisons sont sensibles : car de même qu'un pilote qui n'a pas la science de tourner son gouvernail de la manière qu'il faut, donne dans les écueils les plus aisés à éviter ; ainsi l'homme qui ne sait pas conduire sa langue, commet presque autant de fautes qu'il profère de paroles.

La médisance, les rapports, le

mensonge, seroient moins communs
sans cette grande démangeaison de
parler qui se trouve surtout dans
les personnes pleines de la bonne
opinion d'elles-mêmes.

Avez-vous vu un homme prompt
à parler ? attendez plutôt de lui
des folies que non pas qu'il se corrige. L'homme qui se laisse emporter par sa langue, ne prospérera
pas sur la terre.

Celui qui ne peut retenir son
esprit en parlant, est comme une
ville toute ouverte qui n'est pas
entourée de murailles.

Tout le monde sait ce qui se
passe dans une ville qui n'est pas
entourée de murailles : elle est à
la merci des ennemis, et à tous
momens à la veille de sa destruc-
tion. Telle est la personne qui ne
met pas à sa bouche une porte et
des serrures, selon l'expression de
l'Ecclésiastique ; c'est-à-dire que

le silence doit être comme la porte de votre bouche ; la prudence en doit être la serrure, et la charité la clef. C'est elle seule qui doit vous servir de règle ; c'est l'étoile qui doit vous guider dans vos paroles.

Soyez prompts à écouter et lents à parler ; ne perdez pas ce conseil de vue, particulièrement pendant votre jeunesse : c'est le moyen de vous instruire de ce que vous devez savoir, et de devenir capable de parler à propos.

Aimez le silence, il y a de grands avantages : on se repent rarement de l'avoir gardé, et il arrive souvent qu'on voudroit pour beaucoup ne l'avoir pas rompu. Il attire l'estime des hommes. On a d'ordinaire bonne opinion d'une personne qui ne parle pas beaucoup.

Je dis plus, le silence gagne l'affection en bien des rencontres. La plupart des gens aiment qu'on les écoute, qu'on leur donne tout le loisir de parler ; et le moindre soupçon de vouloir les effacer, en profitant de toutes les occasions de prendre la parole, les aigrit et les révolte.

Je vous dirai même que le silence a une force plus grande que les paroles les plus véhémentes contre les injures et les mauvais procédés. On ne sait pas ce que pense une personne qui se tait dans ces occasions où les autres se répandent en invectives, et l'on ne peut s'empêcher de sentir pour elle du respect et de la crainte, et d'être saisi d'une secrette confusion. Un silence respectueux amortit les plus vives saillies de la colère, et sert plus que tous nos discours pour prouver notre innocence et l'injustice de ceux qui nous offensent. Imitez l'exemple du roi David. » J'ai » mis, dit-il, une garde à ma bouche

» che dans le tems que le pécheur
» s'élevoit contre moi ».

Le trop parler est le défaut ordinaire des filles et des femmes. Presque
toujours moins instruites que les
hommes et dans les affaires et dans
les sciences, elles souffrent rarement
qu'ils aient plus de part qu'elles à la
conversation. Un Auteur profane
fait mention d'une vieille qui ne pouvoit s'abstenir de parler dans le tems
même qu'elle faisoit des sacrifices à
la déesse du silence. Car tel étoit
l'aveuglement des Païens, que de
déifier toutes choses ; ensorte que le
nombre de leurs dieux et de leurs
déesses étoit presque infini : ce qui
a fait dire à un Auteur profane,
qui sans doute n'avoit pas grande
foi pour toutes ces divinités, que
son pays en étoit plein, et qu'on y
trouvoit plus aisément un Dieu
qu'un homme.

7

De la Médisance.

Si vous ne voulez pas qu'on mé-
dise de vous, soyez bonne, bienfaisante ; excusez les défauts d'autrui,
ou n'en parlez point ; ne faites, ne
dites rien qui blesse la charité que
vous devez avoir pour votre prochain ; soyez régulière et circons-
pecte dans votre conduite. Les
médisants cherchent toujours quelque prétexte ; si vous n'en donnez
aucun, vous leur fermerez la bouche.

Si, malgré toutes ces précautions,
on vient à parler mal de vous, quand
même on auroit l'adresse de donner
aux discours qu'on tiendra les apparences les plus propres à imposer,
fussiez-vous réduite à être le seul
témoin de votre innocence, évitez
toute aigreur et tout emportement,
en repoussant les coups que l'on
vous portera. La vertu offensée ne
s'irrite jamais ; le vice appelle la
colère à son secours.

Du Mensonge.

LE mensonge est dans un homme une tache honteuse : ce vice se trouve sans cesse dans la bouche des gens déréglés. Un voleur vaut mieux qu'un homme qui ment sans cesse : la perdition sera le partage de l'un et de l'autre. La vie des menteurs est une vie sans honneur , et leur confusion les accompagnera partout.

Quelque précaution que garde un menteur , il est bientôt connu : la vérité se fait jour à travers tous les voiles du déguisement, et elle ne remporte guères de victoire qui ne couvre le menteur de confusion.

Les anciens rois de Perse avoient le soin de mettre auprès de leurs fils, lorsqu'ils avoient atteint l'âge de quatorze ans , un grand seigneur qui n'avoit d'autre fonction que celle de leur apprendre à dire toujours la vérité , fût-ce contre eux-mêmes.

De la Docilité qu'il faut avoir pour l'instruction et les remontrances.

Le feu de la jeunesse, le défaut d'expérience, causent d'ordinaire, dans les personnes de votre âge, une légèreté et une précipitation qui ne peuvent guères être tempérées que par la voie des remontrances plus ou moins sures, selon la nature des circonstances. C'est un remède nécessaire; vous devez l'aimer : sans lui vous ne parviendrez jamais à la sagesse.

Vous devez avoir assez de discernement pour connoître que, lorsque je refuse de me prêter à vos volontés, j'agis par une véritable tendresse, non par une mauvaise humeur; que les choses que je demande de vous, sont justes, et qu'elles vous sont avantageuses; qu'il me seroit bien plus aisé de vous abandonner au gré de vos caprices, que d'être éternellement attentif à les combattre;

et qu'enfin je ne suis pas assez ennemi de mon repos et du vôtre pour
ne pas prendre le premier parti ,
si je jugeois qu'il vous convînt.

J'ai remarqué en plusieurs rencontres que vous n'aimiez pas les
remontrances. Peut-être cela vient-
il de ce qu'on vous a trop accou-
mée aux caresses dans vos plus tendres années , peut-être de l'indulgence qu'on a eu pour vous dans
des occasions où il falloit de la sé-
vérité ; peut-être enfin de la bonne
opinion de vous-même , causée par
de trop fréquents applaudissements
sur les plus petites choses.

Si votre aversion pour les remontrances vient de quelqu'une de ces
sources , c'est un reproche que j'ai
à me faire. Je suis d'autant plus
coupable, que j'ai en quelque sorte
prévu le mal assez à tems pour
le prévenir, et que je ne l'ai pas
prévenu.

Les premiers bégayemeus de l'enfance sont plus éloquons aux oreilles des pères que les plus beaux discours. Tout ce que les enfans disent, tout ce qu'ils font, est gracieux aux yeux des pères qui ne s'observent pas assez, et qui ne savent pas combien ils doivent être en garde contre la vivacité des sentiments de la nature. Le même amour-propre qui nous empêche de voir nos défauts, peut bien aussi aisément nous empêcher de sentir les irrégularités de nos enfans, dans un âge où nous les croyons incapables d'aucune malice. Nous les regardons comme d'autres nous-mêmes; et je ne sais si l'amour que nous avons pour eux, n'est pas véritablement l'amour de nous-mêmes.

La raison et l'expérience m'ont ouvert les yeux, que ma tendresse m'avoit presque fermés. Je vois que si les enfans ont un peu de malice à un certain âge , c'est dans cet âge pourtant où se jettent les semences de celle qu'ils auront un jour. Je vois qu'ils manquent de force pour agir et d'expressions pour se faire entendre , mais qu'ils ne manquent point d'attache à leurs volontés , que les habitudes commencent à se former dès le berceau , et que c'est une imprudence extrême de n'y pas prendre garde de bonne heure.

L'attention des pères et des mères sur leurs enfans ne doit pas se borner à leurs actions ; il faut qu'elle s'étende jusqu'à leurs pensées les plus secrettes. On doit étudier tous les mouvemens de leur cœur , retrancher absolument tout ce qui dans la suite pourroit nuire à ces jeunes plantes , et redresser avec toute la douceur possible ce qui a besoin d'être redressé.

Il n'y a point de père qui ne doive ce soin à ses enfans. Nul n'a droit de s'en exempter, sans manquer à ce que Dieu, la nature et les loix de la société civile demandent de lui. Les rois y sont d'autant plus obligés qu'ils travaillent pour leur gloire, pour celle de leurs enfans, et pour la félicité des peuples.

Les personnes qui se contentent d'avoir donné la vie à leurs enfans, et qui ne prennent aucun soin de les instruire, ne doivent pas attendre d'eux une grande tendresse. Dès que la raison leur vient, ils apperçoivent que la vie qu'ils ont reçue de leurs parents est bien moins précieuse que celle qu'ils ont négligé de leur donner, qu'ils n'en ont reçu que la vie animale, et qu'en cela leur sort n'a guères d'avantage sur celui des bêtes. Ces réflexions que l'on fait au milieu même des désordres, où les passions entraînent ceux qu'on n'a pas accoutumé de bonne heure à craindre le Seigneur et à observer sa loi, éteignent toute la tendresse des enfans pour leurs pères, changent leur estime et leur respect en mépris, et leur servent souvent de prétexte pour excuser leurs déréglemens. Voilà les suites funestes de la négligence des pères et des mères pour l'instruction de leurs enfans.

De ce qu'une Fille chrétienne doit faire tous les jours pour le Seigneur, pour son prochain et pour elle-même.

Il y a des enfans étourdis, dissipés, indociles, qui font toujours faute sur faute ; ils semblent touchés des remontrances et des châtimens ; ils se jettent aux pieds de leur père ; ils lui promettent de se corriger, et le moment d'après ils paroissent contents ; ils jouent, ils rient avec éclat, et tombent dans les mêmes fautes dont on vient de les reprendre.

Il y en a d'autres qui n'ont pas plutôt manqué à leur devoir, que, sans attendre d'en être repris, il en ont de la confusion. Un regard un peu sévère les intimide : si l'on use de châtiment à leur égard, on les voit pendant plusieurs jours tristes et honteux ; ils ne sont point jaloux des caresses que l'on fait à des enfans plus sages qu'eux, ils s'en croient indignes : le souvenir du chagrin qu'ils ont donné à leur père, les rend plus attentifs, plus appliqués à leur devoir.

Adorez Dieu dans les jours heureux et dans les jours malheureux, saine ou malade, au milieu des plaisirs comme dans les plus grandes afflictions.

A votre lever, souvenez-vous que cette lumière qui frappe vos yeux est un bienfait du Seigneur, qu'il est le maître d'éteindre pour toujours ce grand flambeau qui en est le prin-

cipe , ou de vous en ôter la jouis-
sance : la moindre humeur répandue
sur vos yeux suffiroit pour cela , et
il remue par sa seule volonté la masse
énorme de l'univers.

Promettez - lui que , pendant la
journée vous ne jeterez aucun regard contraire à l'esprit de sa loi ,
que vous ne ferez point de lecture
qui puisse altérer en vous la pureté
de ses maximes : priez-le de garder
vos yeux , de peur qu'ils ne s'arrêtent trop à considérer les choses
vaines de ce monde. Demandez-lui
qu'il vous prive plutôt de la lumière ,
que de permettre qu'elle vous soit une
occasion de chûte ; et le Seigneur ,
qui a des entrailles de miséricorde
pour ceux qui espèrent en lui, et qui
le prient dans la simplicité de leur
cœur , vous préservera de tout mal.
Offrez-lui votre cœur , mais ne lui
offrez pas un cœur gâté par les af-
fections du monde : il est la pureté ,

la sainteté même ; il n'aime que les victimes pures et saintes.

Après vous avoir dit que vous devez adorer Dieu plusieurs fois dans le jour, vous jugez bien que la première chose que vous devez faire dès que vous êtes levée et habillée, autant que la modestie et la bienséance le demandent, c'est de vous mettre à genoux, et de remercier Dieu de vous avoir préservée de tant d'accidens, qui peuvent si aisément nous faire passer d'un sommeil de quelques heures au sommeil éternel de la mort.

Notre vie est comme un miracle continuel ; elle dépend de l'accord de tant de différens ressorts, de parties si délicates, si aisées à déranger, qu'il est surprenant que les morts subites ne soient pas plus fréquentes.

Si d'un moment à l'autre vous pouvez perdre la vie, vous pouvez à plus forte raison être privée de la santé

santé ; et si vous pouvez compter si peu sur l'une et sur l'autre, ce seroit sans doute une grande erreur de mettre votre confiance en ce que vous pouvez avoir de beauté; elle est beaucoup plus fragile que la vie et la santé : à peine est-elle formée qu'elle disparoît, que ses charmes s'effacent; elle a moins de consistance que la surface des eaux de la mer. Donnez-lui la vertu pour appui ; et lors même que cette beauté sera passée, le souvenir de l'usage que vous en aurez fait, vous comblera d'honneur et de gloire.

Des Accidents de la vie.

CONSIDÉREZ ce qui se passe tous les jours sous vos yeux : voyez-vous de félicité constante ? On entoure les champs de fortes haies, pour les préserver des ravages qu'y pourroient faire les animaux : mais il n'y a point de haies, point de rempart, point de défense contre les soucis et les accidents de cette vie.

Les saisons dans leurs vicissitudes ont leur cours réglé, sur lequel on peut faire fonds : on ne craint pas dans les beaux jours de l'été, d'être surpris tout-à-coup par les glaces et par les frimats, qui règnent pendant l'hyver ; mais au milieu de la plus riante fortune, il nous arrive souvent des accidents qui nous font bientôt oublier nos prospérités passées, ou qui ne nous en laissent qu'un triste souvenir : car, dans toutes les disgrâces, c'est le comble de l'infortune que d'avoir été heureux. Du plus grand calme, nous sommes tout-à-coup jetés dans la plus affreuse tempête : en un moment, notre joie se change en deuil, nos cris d'allégresse sont suivis de lamentations, de gémissements.

Il est quelquefois utile à l'homme d'être éprouvé par l'adversité : il s'y endurcit, il la craint moins, il la supporte avec plus de fermeté ; il en est plus sage, plus circonspect, plus modeste, moins orgueilleux dans la bonne fortune. Ce qui a fait dire à un ancien, que rien n'est plus malheureux que celui à qui il n'est jamais arrivé de malheur.

Ce n'est pas une foiblesse de céder à la volonté de celui qui a créé l'univers, et qui le peut détruire. C'est une grande prudence de savoir se consoler des malheurs auxquels il n'y a pas de remède ; et c'est une marque d'une humilité parfaite, de croire que le Seigneur ne nous traite pas selon la rigueur de sa justice, lorsqu'il semble qu'on ne peut rien ajouter à notre infortune.

Lorsqu'on ne fait que passer la main par la flâme, quelque violente qu'elle soit, on ne sent qu'une médiocre chaleur. Regardez cette vie comme un passage, et vos afflictions perdront beaucoup de leur force.

Un bâtiment élevé sur plusieurs foibles appuis au milieu d'une campagne, exposé aux plus grands vents, seroit dans une agitation continuelle, et auroit besoin à tous moments de quelque réparation. Tel est notre bonheur ici bas : nous le faisons dépendre de tant de choses aisées à altérer, qu'il n'y a pas lieu de s'étonner s'il dure si peu. Il est difficile qu'il n'arrive souvent qu'on nous enlève quelqu'une de ces choses dans lesquelles nous faisons consister notre félicité. Pour que cela n'arrivât pas, il faudroit que l'esprit d'équité fût aussi commun qu'il est rare ; qu'on entendît jamais parler d'infidélité entre les amis ; qu'il y eût des règles certaines dans la prudence humaine, pour le succès de toutes nos entreprises ; qu'on ne fût jamais traversé dans la possession de ses biens, de sa réputation ; que les enfans ne manquassent jamais de tendresse et de respect pour leurs pères et pour leurs mères ; que les vues qu'on a sur eux ne fussent jamais rompues, soit par des concurrens qui ont plus de faveur, ou de mérite, soit par les desseins impénétrables de la divine providence : il faudroit en un mot, que nous ne trouvassions jamais aucun obstacle à nos volontés. Or, comme cela est impossible, si vous voulez être heureuse, autant qu'on le peut être en ce monde, ayez toujours, comme je vous l'ai déjà dit, un esprit soumis à la volonté du Seigneur ; et comme il n'y a personne sur la terre qui puisse tout ce qu'il veut, renfermez-vous à ne vouloir que ce que vous pouvez.

Voyez les habitants des champs : vous les croyez peut-être bien malheureux ; ils ne le sont pas tant que

8...

nous. Ils veulent peu de chose, et
ne veulent ordinairement que ce
qu'ils peuvent. Leurs craintes et
leurs espérances sont moindre que
les nôtres. Pour la crainte, je crois
bien que vous la regardez comme
un mal ; mais peut-être ne pensez-
vous pas de même de l'espérance.
Apprenez d'un philosophe moderne
l'idée que vous en devez avoir.
« Bien que l'espérance soit, dit-il,
» la plus agréable de toutes les
» passions, elle devient avec le
» temps chagrine et inquiète, et on
» peut dire qu'elle ressemble au lait
» qui est si doux au commencement,
» mais qui s'aigrit quand il est trop
» gardé ». Vous voyez que si l'espérance n'est pas d'abord un mal,
elle le devient bientôt : non seulement elle devient un mal, mais encore
la source de plusieurs maux. Les habi-
tans des champs ont donc un grand
avantage sur nous. Ce qu'ils craignent

le plus sont les vilains jours ; et leurs
espérances se bornent presqu'à leurs
moissons, qu'ils espèrent plus ou
moins abondantes, selon qu'ils y ont
apporté plus ou moins de soin, et
que le temps a secondé leur travail.
Quelle différence d'eux à nous ! et
qu'il est vrai de dire qu'ils nous sur-
passent autant en esprit d'équité et
de sagesse, qu'en bonheur !

Si vous parcourez tous les états
de la vie, vous n'en trouverez pas
qui n'ait ses disgrâces, et vous remarquerez qu'elles abondent sur-
tout dans les conditions pour lesquelles les ames ambitieuses ont le
plus d'ardeur, et dont les apparences
ont le plus d'éclat.

Ne parlez de vos malheurs qu'à
des personnes sur l'amitié desquelles
vous pouvez véritablement compter.
Vous en trouverez peu de ce caractère : avec toutes les autres, gardez
un profond silence sur pareilles

matières. Abstenez-vous sur-tout de
vous plaindre de vos supérieurs ;
marquez en toutes rencontres beaucoup de respect pour eux. Le ressentiment nous fait souvent oublier les
mesures que nous sommes le plus
obligés de garder : il est difficile de
se taire, quand une fois on est entré dans le récit des sujets qu'on a
de se plaindre.

De la Santé.

Rien ne vous doit être plus pré-
cieux que la santé : quand elle
manque, tout nous devient en quelque façon inutile. « Un pauvre qui
» est sain, et qui a des forces, vaut
» mieux qu'un riche languissant
» et affligé de maladies. Il n'y a
» point de richesses plus grandes
» que celles de la santé du corps,
» ni de plaisir égal à la joie du cœur ».

Tâchez de conserver ces deux
choses, la santé du corps et la joie du
cœur : elles s'aident mutuellement.

Pour conserver la joie du cœur, craignez Dieu, observez sa loi, retirez-vous du mal.

Pour conserver votre santé, évitez l'intempérance dans le boire, dans le manger : ne mangez rien que vous sachiez être contraire à votre tempérament, et faites modérément de l'exercice.

Menez une vie sobre : rien n'est plus nuisible à la santé que l'intempérance. « L'insomnie, la colique, » les tranchées, sont le partage de » l'homme intempérant. Celui qui » mange peu, aura un sommeil de » santé ; il dormira jusqu'au matin ; » son ame se réjouira en lui-même. » L'intempérance en a tué plusieurs; » mais l'homme sobre prolonge ses » jours ».

Les maladies et les incommodités dont les hommes sont accablés, dès qu'ils sont dans un âge un peu avancé, viennent le plus souvent du

peu d'attention qu'ils ont eu pour
leur santé pendant la jeunesse. A
cet âge, on croit que rien n'est capable de déranger l'économie du
corps, parce qu'on le sent sain et
plein de vigueur. Il suffit que l'on
trouve quelque chose à son goût,
on en mange sans aucun ménagement, on n'écoute que la voix de
la nature animale, on est sourd à
celle de la raison et à celle des plus
judicieuses remontrances. Une telle
conduite ne mène-t-elle pas nombre
de personnes au tombeau, dans la
fleur de leur âge ? Quelques-unes,
par la bonté de leur tempérament,
vont plus loin, mais ce n'est qu'avec
des incommodités et des maux qui
rendent la vie ennuyeuse. On sappe
les fondemens de la santé, lorsqu'à
peine ils ont quelque solidité : faut-
il s'étonner si dans la suite elle est
si aisée à ébranler ?

Nous lisons dans Plutarque, que

Pittacus fit une loi, par laquelle si quelqu'un s'étant énivré venoit à faire quelque faute, il étoit puni une fois plus sévèrement que s'il avoit manqué n'étant pas ivre.

Le même Plutarque dit que Numa, roi des Romains, défendit l'usage du vin aux femmes Romaines, et qu'il y avoit dans le temple de la ville de Thèbes une colonne quarrée, sur laquelle étoient gravées des malédictions contre le roi Minis, qui le premier détourna les Egyptiens d'une vie simple et sobre.

Saint Augustin nous apprend que l'intempérance ne consiste point en la qualité ni en la quantité des viandes, mais dans l'avidité immodérée.

Cette avidité fut cause qu'Esaü vendit à son frère Jacob, pour un plat de lentilles, son droit d'aînesse, qui avoit de si grands privilèges parmi les juifs.

Abstenez-vous, le plus que vous pourrez, de boire des vins de liqueur. Il y en a peu qui soient naturels ; et lors même qu'ils le sont, leur trop grand feu ne peut être que nuisible.

Ne buvez point de ces liqueurs où domine l'esprit de vin ou l'eau-de-vie : cela ne convient ni à votre santé ni à votre sexe.

A l'égard du thé, du café et du chocolat, voici mon opinion : le premier me paroît le moins mal sain, et je crois que si les uns et les autres produisent quelque bon effet, il vient en partie de l'eau chaude qui y entre. Il y a long-tems que l'eau chaude est en usage. Il y avoit chez les grecs et chez les romains des endroits où on en vendoit publiquement. Athénée dit qu'il est bon d'en boire pendant le printems et l'hiver, et d'en boire de froide pendant l'été.

Les

Les peuples du Japon boivent de
l'eau presque toute bouillante. L'eau
chaude, bue à jeun, nettoie l'estomach, rend le ventre libre : il n'en
faut pourtant pas boire souvent,
parce qu'elle affoiblit le dissolvant
de l'estomach. Quand on la boit
extraordinairement chaude, elle
guérit quelquefois de la colique, et
chasse les vents.

Ne mangez pas trop vîte, cela
est contraire à la santé et à la bienséance.

Observez qu'entre vos repas et le
sommeil, il y ait une distance suffi-
sante pour que la digestion ait pu
se faire, et que votre sommeil soit
modéré. Trop dormir est aussi nuisible que dormir trop peu.

Tâchez de vous coucher de bonne
heure, afin de pouvoir vous lever
un peu matin. Je crois que cela est
très-bon pour la santé; ma propre
expérience me donne lieu de le croire.

il n'y a qu'à s'y accoutumer de jeunesse ; l'habitude se forme en peu de tems ; et l'on s'en fait un plaisir. Moins vous ferez d'excès, moins vous aurez besoin de remèdes. Ayez-y recours le plus rarement que vous pourrez. Ne méprisez pas les plus simples, souvent ils sont les meilleurs. Usez sur-tout de ceux qui servent à purifier et à subtiliser le sang, et rarement de ceux qui rafraîchissent beaucoup. Ils ne peuvent qu'épaissir les humeurs, embarrasser le sang, et empêcher la transpiration, qui est un remède naturel dont nous avons un besoin continuel pour nous garantir d'une infinité de maux.

Choisissez sur-tout les médecins les plus prudens, ceux qui connoissent votre tempérament, et faites ensorte, par vos libéralités, de les engager à donner leur attention à toutes les circonstances de votre mal.

Lorsque vous vous sentez attaquée,
de quelque dangereuse maladie, ne
vous alarmez point, ne tombez pas
dans l'abbattement et dans la tristesse. Dès que nous commençons à
vivre, nous devons nous préparer à
mourir. Profitez de tous les moments
pour entrer dans les sentiments où
vous voudriez être à l'heure de votre
mort. Disposez toutes choses de
bonne heure. N'attendez pas à l'ex-
trémité , lorsque le corps affoibli
diminue les forces de l'esprit, et
nous rend incapables de travailler
utilement à l'unique affaire pour
laquelle nous sommes dans ce monde.

Laissez, dans ces occasions, à vos
parens le soin de votre santé, et ne
partagez celui de votre salut qu'avec
quelque pieux ecclésiastique, avec
lequel vous devez vous entretenir
de Dieu et des trésors infinis de sa
miséricorde, autant que sa commo-
dité et vos maux le permettront.

Si vous n'avez pas oublié Dieu pendant votre vie, il ne vous abandonnera pas à l'heure de votre mort; il viendra à votre secours, il vous consolera; et ce passage si terrible pour les ames mondaines, vous le regarderez comme la fin de tous vos maux, comme un heureux affranchissement de l'esclavage du péché, comme un échange d'une vie mortelle et malheureuse avec une vie éternellement heureuse; et vous vous endormirez paisiblement dans le Seigneur.

De la Modestie.

La modestie doit régner dans votre cœur, dans vos discours, dans vos habits, sur votre visage, et dans toute votre conduite.

Soyez modeste dans vos discours: ils sont les interprètes des sentiments du cœur. La modestie n'est pas comme les autres vertus, qu'il faut quelquefois dérober aux yeux des hommes ; elle ne sauroit se cacher sans crime. Elle peut bien aimer la retraite et la solitude ; mais lorsqu'elle paroît en public, il n'y a point de voiles innocents pour elle.

La plupart des personnes de votre sexe, sont comme les enfans, qui ont envie de tout ce qu'ils voient.

Ne leur ressemblez pas ; faites régner dans vos habits un bon goût, une noble simplicité ; mais ne vous avisez jamais de vouloir vous distinguer par leur nouveauté ou par leur magnificence. La réputation d'une sage conduite, un caractère judicieux, une humeur agréable, une grande attention pour tout ce qui peut faire plaisir aux autres, vous fera plus d'honneur, et vous attirera une distinction beaucoup plus glorieuse dans le monde , que la plus grande richesse des habits. Observez toujours ce qui convient à votre âge, à votre naissance et à vos facultés.

A l'égard des modes , il n'y a point d'inconvénient que vous vous conformiez à l'usage , pourvu qu'il ne soit pas contraire à la modestie. Ces fréquens changemens dans les habits ne marquent que trop la légèreté de notre nation ; mais ce seroit être peu sage que d'entreprendre de s'opposer à une chose qui d'elle-même est indifférente. Avant que de suivre une nouvelle mode, attendez qu'elle soit reçue du plus grand nombre.

Votre modestie doit paroître sur le visage. Comme l'aurore nous avertit que le soleil n'est pas loin, la modestie du visage est la marque la moins équivoque de la pureté du cœur. Elle doit être simple et naturelle : si elle est étudiée, c'est véritablement effronterie.

« Le Seigneur nous apprend que
» la modestie d'une femme vertueuse est plus précieuse que l'or,
» et qu'il y a sur le visage d'un
» homme modeste une grace qui le
» fait estimer avant qu'il parle ».

Cette grace de la modestie paroît avec bien plus d'éclat dans les personnes de votre sexe, parce qu'elle est accompagnée d'une douceur et de certains attraits, qui ne se trouvent point dans les hommes.

Vous devez principalement observer qu'il n'y ait rien d'immodeste dans vos regards. S'il est d'une grande conséquence de veiller à la garde de sa langue, il ne l'est pas moins de retenir ses yeux dans les bornes de la modestie.

DUPUY.

~~~~~~

CHAPITRE III.

Étude et Emploi du Temps.

ÉTUDIER l'histoire, c'est étudier les passions et les opinions des hommes : c'est les approfondir : c'est démasquer ces actions, qui ont paru grandes, étant voilées et consacrées par le succès ; mais qui souvent deviennent méprisables, dès que le motif en est connu. Rien de plus équivoque que les actions des hommes : il faut remonter aux principes si on veut les connoître. Il est nécessaire de nous assurer de l'esprit de nos actions avant que de nous applaudir.

Il est bon que les jeunes personnes s'occupent de sciences solides; l'histoire grecque et romaine élève l'ame, nourrit le courage par les grandes actions qu'on y voit : il faut savoir l'histoire de France ; il n'est pas permis d'ignorer l'histoire de son pays. Je ne blâmerois pas même un peu de philosophie , surtout de la nouvelle ; si on en est capable : elle vous met de la précision dans l'esprit, démêle vos idées, et vous apprend à penser juste. Je voudrois aussi de la morale ; à force de lire Cicéron , Pline, et les autres, on prend du goût pour la vertu ; il se fait une impression insensible qui tourne au profit des mœurs. La pente aux vices se corrige par l'exemple de tant de vertus , et rarement trouverez-vous un mauvais naturel avoir du goût pour ces sortes de lectures. On n'aime point à voir ce qui nous accuse, et ce qui nous condamne toujours.

Pour les langues, quoiqu'une femme doive se contenter de parler celle de son pays, je ne m'opposerois pas à l'inclination que l'on pourroit avoir pour le latin ; c'est la langue de l'église : elle vous ouvre la porte à toutes les sciences : elle vous met en société avec ce qu'il y a de meilleur dans tous les siècles. Les femmes apprennent volontiers l'Italien qui me paroît dangereux : c'est la langue de l'amour, les auteurs italiens sont peu châtiés : il règne dans leurs ouvrages un jeu de mots, une imagination sans règle qui s'oppose à la justesse de l'esprit.

La poésie peut avoir des inconvéniens ; j'aurois pourtant peine à interdire la lecture des belles tragédies de Corneille ; mais souvent les meilleures vous donnent des leçons de vertu, et vous laissent l'impression du vice.

La lecture des romans est plus dangereuse : je ne voudrois pas que l'on en fit un grand usage ; ils mettent du faux dans l'esprit. Le roman n'étant jamais pris sur le vrai, allume l'imagination, affoiblit la pudeur, met le désordre dans le cœur ; et pour peu qu'une jeune personne ait de la disposition à la tendresse, hâte et précipite son penchant. Il ne faut point augmenter le charme, ni l'illusion de l'amour ; plus il est adouci, plus il est modeste, et plus il est dangereux. Je ne voudrois point les défendre ; toutes défenses blessent la liberté, et augmentent le désir, mais il faut autant qu'on peut s'accoutumer à des lectures solides, qui ornent l'esprit, et fortifient le cœur : on ne peut trop éviter celles qui laissent des impressions difficiles à effacer.

Modérez votre goût pour les sciences extraordinaires ; elles sont dangereuses, et elles ne donnent ordinairement que beaucoup d'orgueil ; elles démontent les ressorts de l'ame. Si vous avez une imagina-

tion vaste, vive et agissante, et une
curiosité que rien ne puisse arrêter,
il vaut mieux occuper ces dispositions aux sciences, que de hasarder
qu'elles se tournent au profit des
passions : mais songez que les filles
doivent avoir sur les sciences une
pudeur presqu'aussi tendre que sur
les vices.

Soyez donc en garde contre le
goût du bel esprit : ne vous amusez
point à courir après des sciences
vaines, et après celles qui sont au-
dessus de votre portée. Notre ame a
bien plus de quoi jouir, qu'elle n'a
de quoi connoître ; nous avons les
lumières propres et nécessaires à
notre bien être ; mais nous ne voulons pas nous en tenir là : nous
courons après des vérités qui ne sont
pas faites pour nous.

Mme DE LAMBERT.

~~~~~~~~~~~~~~~

De la Musique et de la Danse.

Je ne sais pas comment la coutume de faire apprendre à grands frais aux jeunes filles à chanter et à jouer des instruments, est devenue si commune, et est regardée comme une partie essentielle de leur éducation. J'entends dire que dès qu'elles sont établies dans le monde, elles n'en font plus aucun usage. Pourquoi donc y donner pendant la jeunesse un temps si considérable, qui pourroit être employé à des choses plus utiles, et non moins agréables, comme seroit entr'autres le dessin, qui peut beaucoup servir aux ouvrages dont les dames ont coutume de s'occuper ?

La danse aussi fait ordinairement une des parties les plus essentielles de l'éducation des filles, et l'on y consacre sans peine beaucoup de temps et beaucoup d'argent. On ne

10

s'attend pas que j'entreprenne ici d'en faire l'éloge ou l'apologie. Je me borne à examiner simplement et sans prévention quel est, sur cet article, le devoir d'une mère chrétienne et raisonnable. Comme il y a des études destinées à cultiver et à orner l'esprit, il y a aussi des exercices propres à former le corps, et l'on ne doit pas les négliger. Ils contribuent à régler la démarche, à donner un air aisé et naturel, à inspirer une sorte d'honnêteté et de politesse extérieure , qui n'est pas indifférente dans le commerce de la vie, et à faire éviter des défauts de grossièreté et de rusticité qui sont choquants, et qui marquent peu d'éducation. Mais il suffit pour cela d'apprendre à de jeunes personnes à ne point s'abandonner à une molle nonchalance, qui gâte et corrompt toute l'attitude du corps, à se tenir droites, à marcher d'un

pas uni et ferme, à entrer décem-
ment dans une chambre ou dans
une compagnie, à se présenter de
bonne grace, à faire une révérence
à propos ; en un mot à garder toutes
les bienséances qui font partie de la
science du monde, et auxquelles on
ne peut manquer sans se rendre
méprisable. Voilà, ce me semble,
à quoi naturellement doit tendre
l'exercice dont je parle ; et j'ai vu
avec joie des Maîtres à danser, de la
première réputation, se renfermer
dans ces bornes pour satisfaire aux
desirs de mères chrétiennes, qui
joignent à une grande naissance une
piété encore plus grande.

Il n'est pas nécessaire que je m'arrête ici à montrer combien tout ce
qui est au-delà de ce que je viens de
marquer, peut devenir dangereux
pour les jeunes Demoiselles, et combien les suites en peuvent être funestes. Une Dame un peu jalouse de

sa réputation ne seroit pas contente
qu'on lui fît un mérite d'exceller
dans le chant ni dans la danse. C'est
la remarque que fait Salluste en di-
sant de Sempronia, Dame de naissance, mais absolument décriée pour
les mœurs : « Qu'elle chantoit et
» dansoit avec plus d'art et de grace
» qu'il ne convenoit à une honnête
» femme ».

Du Travail des mains.

Cette pratiqué est devenue assez
commune parmi nous, elle ne peut
que faire beaucoup d'honneur aux
filles. Dans ces siècles reculés, qui
se ressentoient de l'heureuse simplicité du monde encore jeune, les
dames les plus qualifiées s'occupoient
à des travaux très-pénibles, et qui
nous paroîtroient maintenant bas et
méprisables. Sara, dans une maison
riche et opulente, et avec un très-

nombreux domestique, préparoît de ses mains à manger aux hôtes. On voyoit Rébecca et Rachel, dans un âge encore tendre, revenir de la fontaine les épaules chargées de vaisseaux pesans, remplis d'eau. Chez Alcinoüs, roi des Phéaques, qui exerçoit l'hospitalité avec une magnificence vraiment royale, la jeune princesse Nausicaé, sa fille, ne rougissoit point d'aller à la rivière laver elle-même le linge. Le sexe a conservé cette louable coutume du travail des mains dans tous les tems et dans tous les pays. L'histoire remarque qu'A-lexandre, le plus grand des conquérans, et l'empereur Auguste, maître de l'univers, portoient des habits travaillés par leurs mères, leurs femmes ou leurs sœurs. Le christianisme nous fourniroit d'autres modèles non moins illustres. L'important est d'appliquer le travail des mains, non à des ouvrages frivoles, mais à des choses utiles et d'usage. On voit plu-

sieurs dames se donner par-là des
ameublemens en tout ou en partie; ce
qui a son mérite, et doit être estimé.

ROLLIN.

~~~~~~~~~~~~~~~~~~~~~~~~~

Des Devoirs des Femmes.

POUR le gouvernement domestique,
rien n'est meilleur que d'y accoutumer les filles de bonne heure; don-
nez-leur quelque chose à régler, à
condition de vous en rendre compte.
Cette confiance les charmera; car la
jeunesse ressent un plaisir incroya-
ble, lorsqu'on commence à se fier à
elle, et à la faire entrer dans quelque
affaire sérieuse. On en voit un bel
exemple dans la reine Marguerite;
cette princesse raconte, dans ses
mémoires : que le plus sensible plaisir qu'elle ait eu en sa vie, fut de
voir que la reine sa mère commença
à lui parler, lorsqu'elle étoit encore
très-jeune, comme à une personne
mure : elle se sentit transportée de

joie d'entrer dans la confidence de la reine et de son frère le duc d'Anjou, pour le secret de l'état; elle qui n'avoit connu jusques-là que des jeux d'enfans. Laissez même faire quelque faute à une fille dans de tels essais; et sacrifiez quelque chose à son instruction; faites-lui remarquer doucement ce qu'il aurait fallu faire ou dire pour éviter les inconvéniens où elle est tombée; racontez-lui vos expériences passées, et ne craignez point de lui dire les fautes semblables aux siennes que vous avez faites dans votre jeunesse : par-là vous lui inspirerez la confiance sans laquelle l'éducation se tourne en formalités gênantes.

Apprenez à une fille à lire et à écrire correctement. Il est honteux, mais ordinaire, de voir des femmes qui ont de l'esprit et de la politesse, de ne savoir pas bien prononcer ce qu'elles lisent; ou elles hésitent ou elles chantent en lisant, au lieu qu'il faut prononcer d'un ton simple et naturel, mais ferme et uni : elles manquent encore plus grossièrement pour l'orthographe, ou pour la manière de former ou de lier des lettres en écrivant : au moins accoutumez-les à y faire leurs lignes droites, à rendre leur caractère nète et lisible. Il faudroit aussi qu'une fille sût la grammaire pour sa langue naturelle : il n'est pas question de la lui apprendre par règle, comme les écoliers apprennent le latin en classe ; accoutumez-les seulement sans affectation à ne point prendre un tems pour un autre, à se servir des termes propres, à expliquer nettement leurs pensées avec ordre et d'une manière courte et précise : vous les mettrez en état d'apprendre un jour à leurs enfans à bien parler sans aucune étude. FÉNÉLON.

Fin de la première partie.

INSTRUCTIONS

D'UN PÈRE A SES FILLES,

PAR GRÉGORY,

Docteur en Médecine et Professeur à l'Université d'Édimbourg,

Traduit en Français sur la sixième Édition.

Nouvelle Edition, augmentée et corrigée.

～～～～～～～～～～～～～～

SECONDE PARTIE.

～～～～～～～～～～～～～～

TABLE
DES MATIÈRES.

~~~~~~~

IIme PARTIE.

AVIS DE L'ÉDITEUR.

L'AUTEUR de ce petit Ouvrage avoit étudié le cœur humain en philosophe chrétien, et on doit avouer qu'il étoit parvenu à le connoître parfaitement dans les deux sexes.

Si les différents détails dans lesquels il est entré par rapport aux écarts de l'esprit et du cœur, font honneur à sa sagacité, les conseils importants qu'il donne à ses filles pour éviter les uns et les autres, n'en font pas moins à sa probité et à sa tendresse.

Cet homme célèbre, l'ami par excellence de l'humanité, le père le plus tendre et le plus intéressant, a le mérite de joindre à la précision

et à la brièveté de ses avis, des
préceptes particuliers pour toutes
les circonstances dans lesquelles
une femme peut et doit se trouver
dans le monde. On peut dire de lui,
avec la plus exacte vérité qu'il a
prévu tous les dangers auxquels une
jeune demoiselle est exposée, et
qu'il a indiqué les moyens les plus
efficaces pour les prévenir, ou pour
en sortir avec honneur, si par imprudence elle s'y est précipitée.

INSTRUCTIONS

INSTRUCTIONS

D'UN PÈRE A SES FILLES.

MES CHÈRES FILLES,

Vous avez eu le malheur de perdre votre mère dans un âge où vous étiez encore insensibles à votre perte, et lorsque ses instructions et son exemple ne pouvoient vous être que d'un foible secours. -- Avant que cet écrit tombe dans vos mains, peut-être aurez-vous également perdu votre père.

J'ai fait plusieurs tristes réflexions sur l'état d'abandon dans lequel vous vous trouveriez nécessairement sans appui, s'il plaisait à Dieu de m'enlever à votre tendresse, avant d'avoir atteint l'âge auquel vous pourez penser et agir par vous-mêmes. Je connois trop bien les hommes; je connais leur duplicité, leur légereté et leur froideur à remplir tous les devoirs de l'amitié et de l'humanité. Je sais combien peu ils font attention à des enfans privés de secours. — Vous trouverez peu d'amis assez désintéressés pour vous rendre service, si vous ne pouvez les servir à votre tour, ou en favorisant leurs intérêts, ou en contribuant à leurs plaisirs, ou même en flattant leur vanité.

Ma confiance dans cette providence qui vous a protégées jusqu'à présent, et qui me donne la plus douce consolation de la bonté de votre caractère; la secrète espérance que j'ai, que les vertus de votre mère seront une source de bénédictions pour ses enfans, sont deux motifs qui m'ont puissamment soutenu dans la tristesse qui naît naturellement de ces réflexions.

Mes alarmes sur votre bonheur m'ont déterminé à vous laisser par écrit mes sentimens, relativement à la conduite que vous devrez tenir dans le cours de votre vie. Si je vis encore quelques années, vous en retirerez un bien plus grand avantage, parce que je les réglerai sur vos inclinations et sur vos dispositions. Si je meurs plutôt, vous devez les recevoir, de cette manière imparfaite, comme la dernière preuve de ma tendresse.

Vous la rappelerez cette tendresse de votre père, lorsque peut-être on aura oublié d'ailleurs tout ce qui peut avoir rapport à lui. Ce souvenir vous engagera, j'espère, à faire une sérieuse attention aux avis que je vais vous laisser. — Je puis avec d'autant plus de confiance vous demander cette attention, que mes sentimens sur les points les plus intéressants de la vie et de la conduite, sont exactement conformes à ceux de votre mère, au jugement et au

goût de laquelle je m'en suis beaucoup plus rapporté qu'aux miens
propres.

Vous devez vous attendre que les
conseils que je vous donnerai,
seront très - inexacts; parce qu'il
y a plusieurs délicatesses, qui
n'ont pas même de nom dans les
manières, dont personne qu'une
femme ne peut bien juger. — Vous
aurez au moins un avantage, en
donnant votre attention au plan de
conduite que je vais vous tracer,
puisque vous connoîtrez, au moins
une fois dans votre vie, les véritables sentimens d'un homme, qui
n'a aucun intérêt à vous flatter ou à
vous tromper. — J'écrirai mes réflexions sans aucun ordre étudié;
seulement pour éviter la confusion,
je les distribuerai dans un petit
nombre de chapitres généraux.

Vous pourez voir, dans un petit
traité que je viens de publier, sous

quel point de vue honorable j'ai considéré votre sexe; je n'ai pas envisagé les femmes comme des forçats domestiques , ou comme les esclaves de nos plaisirs, mais plutôt nos compagnes et nos égales; étant faites pour attendrir nos cœurs, et polir nos manières; et enfin, comme dit *Thomson* (*).

Je ne répéterai pas ce que j'ai déjà dit à ce sujet dans ce petit traité. J'observerai seulement, que de l'idée que j'ai donnée de votre caractère naturel, et du rang que vous occupez dans la société , naissent certaines règles de conduite qui sont particu-

---

(*) To raise the virtues, animate the blifs, and Sweeten all the toils of human life.

TRADUCTION.

Pour donner aux vertus du lustre et de l'éclat,
Pour donner au bonheur de plus piquans attraits,
Pour adoucir les peines qu'on a dans chaque état.

lières et propres à votre sexe. C'est principalement sur cette conduite propre aux femmes, que j'ai l'intention de vous donner mes avis, sans toucher à ces règles générales auxquelles les hommes comme les femmes doivent également s'assujettir.

En vous expliquant le plan de conduite que je crois devoir tendre le plus à votre honneur et à votre bonheur, je ferai mon possible en même tems, pour vous indiquer ces vertus et ces qualités excellentes, qui vous rendent plus respectables et plus aimables aux yeux des hommes mêmes.

DE LA RELIGION.

QUOIQUE les devoirs de la religion, lient également les deux sexes, il est cependant certaines différences dans le caractère et dans l'éducation des femmes , qui rendent quelques vices infiniment odieux dans votre sexe. Nos cœurs sont naturellement moins sensibles, et la violence de nos passions , enflammées par des libertés qu'on n'a pas réprimées dans notre jeunesse , contribue à donner à nos manières moins de retenue , et à nous rendre moins susceptibles des sentimens du cœur les plus délicats. Votre très-grande délicatesse , votre modestie , et la sévère exactitude avec laquelle on forme ordinairement votre éducation , vous fortifient puissamment contre la séduction de ces vices auxquels nous sommes le plus sujets. La douceur et la sensibilité naturelles de votre caractère , vous disposent particulièrement à remplir ces devoirs, qui intéressent le cœur sur toute chose ; ce qui, joint au feu naturel de votre imagination , vous rend bien davantage susceptibles des sentimens de religion.

Il y a plusieurs occasions dans votre état, dont les utiles secours de la religion vous deviennent extrêmement nécessaires, pour vous y comporter avec fermeté et avec honneur. Toute votre vie est souvent une vie de souffrance. Vous ne pouvez pas vous distraire en vous livrant aux affaires; vous ne pouvez pas chercher à vous dissiper par les plaisirs et par les désordres, comme les hommes, qui s'y abandonnent trop souvent, lorsqu'ils sont accablés par leurs malheurs. Vous êtes forcées de dévorer en silence vos chagrins, sans qu'on les connaisse, et sans qu'on vous en plaigne. Souvent vous devez montrer un visage serain et riant, lors même que votre cœur est déchiré par la tristesse, ou qu'il est plongé dans le désespoir. Alors toute votre ressource est dans les consolations religieuses. Il est particulièrement propre à ces consolations de vous faire supporter les malheurs domestiques mieux que nous ne les supportons.

Il est aussi de tems en tems pour vous d'autres circonstances bien différentes, mais qui demandent également que la religion vous serve de frein. La vivacité ou peut-être la vanité, naturelles à votre sexe, vous jettent souvent dans un état de dissipation qui vous trompe, sous l'apparence d'un plaisir innocent, mais qui réellement altère votre santé, débilite toutes les facultés excellentes de votre ame, et souvent ternit votre réputation. La religion servant de frein à cette dissipation, et calmant cette ardeur pour le plaisir, vous met en état de retirer des avantages plus heureux, même de ces sources d'amusemens, qui, quand on s'y livre trop souvent, produisent la satiété et le dégoût.

La religion est plutôt un sujet de

sentiment que de raisonnement. Les articles les plus importans de la foi, sont suffisamment clairs; fixez-y toute votre attention, et ne vous mêlez point de controverse. Si vous vous y engagez, vous vous précipitez dans un cahos, duquel il vous sera toujours impossible de sortir. Les controverses aigrissent l'humeur, et je soupçonne qu'elles ne font aucun bon effet sur le cœur.

Écartez tous les livres, et évitez toutes les conversations qui tendent à affoiblir votre foi sur les grands points de la religion, qui doivent servir de règle à votre conduite, et sur lesquels vous fondez votre espérance d'un bonheur à venir et éternel.

Ne vous permettez jamais des plaisanteries sur les sujets de la religion; ne les autorisez pas dans les autres par votre contenance, en paroissant vous divertir de ce qu'ils disent à ce sujet. Cela suffira à des hommes bien élevés pour leur imposer silence.

Je desire que vous ne preniez vos opinions sur la religion, que de la Sainte - Ecriture. Embrassez celles que vous trouvez clairement révélées. Ne vous inquiétez pas sur celles que vous ne pouvez pas comprendre, mais traitez-les avec un silence et une révérance convenables. — Je vous conseillerois de lire seulement les livres de religion qui sont destinés à toucher le cœur, propres à inspirer des sentimens de piété et de dévotion, et bons pour diriger votre conduite (*).

Soyez ponctuelles le matin et le soir aux exercices particuliers de dévotion que vous vous serez prescrits. Si vous avez une imagination sen-

_____

(*) On observera que c'est un Protestant qui parle.

sible, ils établiront entre vous et l'Etre suprême un commerce qui sera pour vous d'une conséquence infinie dans la vie. Ce commerce vous rendra d'une gaieté habituelle; il donnera à votre vertu de la force et de la stabilité; il vous mettra en état de passer à travers les vicissitudes de la vie humaine avec autant de dignité que d'honneur.

Je souhaite que vous assistiez régulièrement au service divin, et que régulièrement aussi, vous receviez la communion. Que rien n'interrompe vos exercices de dévotion publics ou particuliers, excepté l'accomplissement de quelque devoir actif dans la société, auquel les premiers doivent toujours céder la place. — Que votre contenance aux exercices publics de la religion soit grave, attentive et exemplaire.

Plusieurs personnes de votre connaissance regarderont comme un attachement

attachement superstitieux aux for-
mes, l'extrême exactitude que je
vous recommande dans l'accomplissement de ces devoirs ; mais
dans les avis que je vous donne
sur la religion et sur d'autres sujets,
j'ai égard à l'esprit et aux mœurs
du siècle.

Il règne aujourd'hui dans la société
une légereté, une dissipation, une
froideur et une indifférence pour
tout ce qui a rapport à la religion,
qui ne manquera pas de vous séduire,
à moins que vous ne vous proposiez
de suivre des maximes opposées, et
de vous former un goût habituel
pour la dévotion.

Ecartez toutes les grimaces et l'ostentation dans la pratique des devoirs
religieux : elles servent de masque
ordinaire à l'hypocrisie ; du moins
elles montrent à découvert une ame
vaine et un esprit foible.

Ne faites jamais de la religion le

sujet ordinaire de la conversation dans une compagnie. Si la conversation tombe sur la religion, paroissez plutôt vouloir en changer le sujet.

En même tems, ne souffrez jamais que personne insulte à vos sentimens sur la religion par des propos extravagans et indécens; montrez au contraire dans ces occasions, autant de ressentiment que vous en montreriez naturellement pour tout autre outrage personnel. Mais le moyen le plus sûr de ne pas s'y exposer, est de ne pas s'écarter d'une réserve modeste à ce sujet, et de ne pas se donner à soi-même des libertés avec les autres, sur leurs sentimens de religion.

Ayez un grand fonds de charité pour tous les hommes, quelque différence qu'il y ait entre leurs opinions religieuses et les vôtres. Cette différence naît probablement de causes auxquelles vous n'avez au-

cune part, et desquelles vous ne
pouvez tirer aucun mérite.

Montrez le cas que vous faites de
la religion, par un respect distingué
pour tous ses ministres, quelque
soit leur croyance. La religion
est une morale épurée et élevée au
plus haut degré pour s'approcher
du ciel, seul séjour où la perfection réside sans mélange; elle est
la source de toutes les vertus en
même tems qu'elle les couronne.

L'effet le plus noble de ce sentiment sera une humanité compatis-
sante, qui s'étendra sur tous les
malheureux.—Mettez à part quelque
chose, en proportion de vos reve-
nus, et consacrez cette réserve à des
œuvres de charité. Mais en ceci,
comme dans la pratique de chacun
des autres devoirs, évitez avec soin
l'ostentation. La vanité ruine toujours elle-même ses propres desseins.
La bonne réputation est la récom-

pense naturelle de la vertu. Ne courez pas après, et elle vous suivra par-tout.

Que votre charité ne se borne pas à donner de l'argent ; vous pouvez avoir plusieurs occasions de faire paroître une ame tendre et bienfaisante, lors même que vous le pourez autrement. — C'est un faux rafinement de sensibilité chez certaines personnes, de détourner leur vue de dessus des objets souffrants. Ne vous le permettez jamais, particulièrement quand quelqu'un de vos amis ou de vos connaissances, se trouve dans ce cas. Que le jour de leurs infortunes, lorsque le monde les oublie, ou qu'il ne veut pas les voir, soit pour vous le temps de déployer votre humanité et votre amitié. La vue des misères humaines, amollit le cœur, et le rend meilleur : elle mortifie l'orgueil que la santé et la prospérité donnent, et le sentiment douloureux qu'elle occasionne, est amplement compensé par le sentiment intérieur de faire votre devoir, et par le secret agrément que la nature a attaché à toutes nos tristesses sympathiques.

Les femmes se trompent beaucoup, lorsqu'elles pensent se faire un titre de recommandation auprès de nous, de leur indifférence sur la religion. Ces hommes même, qui sont infidèles, désaprouvent l'infidélité dans votre sexe. Tout homme qui connoît la nature humaine, infère de votre goût pour la religion, la douceur et la sensibilité du cœur. Nous regardons au moins ce manque de goût, comme la preuve d'un cœur insensible ou d'un esprit dépravé; de tous vos défauts, c'est celui qui nous déplaît le plus.

D'ailleurs, les hommes regardent en vous la religion, comme une des plus sûres sauves-gardes de cette

vertu des femmes, qui les intéresse
le plus. Si un homme semble vouloir
s'attacher à quelqu'une de vous, et
qu'il tâche d'affoiblir vos principes
religieux, soyez assurées, ou qu'il
a l'esprit faux, ou qu'il a des desseins qu'il n'avoue pas.

Vous serez probablement surprises,
que je vous aie fait élever dans une
église différente de la mienne. La
raison en est simple. J'ai regardé
la différence qui se trouve entre nos
églises (*), comme de très-peu de
conséquence. Votre mère avoit été
élevée dans l'église anglicane, et
elle y étoit attachée, et moi j'avois
un préjugé favorable pour tout ce
qu'elle aimoit. Elle n'avoit jamais
desiré que vous fussiez baptisées par
un prêtre anglican, ou que vous
fussiez élevées dans cette église. Au
contraire, son extrême délicatesse

(*) L'anglicane et la presbytérienne.

sur tout ce qui pouvoit me faire tort
dans le monde, la faisoit insister
avec soin pour que cela fût autrement ; mais je ne pouvois lui céder
dans ce genre de générosité. —
Après l'avoir perdue, je me suis
encore plus déterminé à vous élever
dans cette église, parce que je trouve
un secret plaisir à faire tout ce qui
me paroît propre à exprimer l'affection, et à marquer la vénération que
j'ai pour sa mémoire. — Je vous
fais un tableau véritablement foible
et imparfait, de ce qu'étoit votre
digne mère, lors même que je fais
mon possible pour vous montrer
ce que vous devriez être.

***

DE LA CONDUITE ET DU MAINTIEN.

Une des principales beautés du
caractère d'une femme, c'est cette
réserve modeste, cette délicatesse,
qui lui font éviter les regards du

public , qui la déconcertent , lors
qu'elle peut s'attendre à en être
admirée. — Je ne voudrois pas que
vous fussiez insensibles aux applaudissemens. Si vous l'étiez, vous de-
viendriez nécessairement moins bonnes , et peut-être moins aimables.

Quand une fille cesse de rougir ,
elle a perdu le plus séduisant de tous
ses charmes. Cette extrême sensibilité qui fait rougir , peut être une
foiblesse et un défaut dans un homme,
comme je l'ai trop souvent éprouvé
moi-même ; mais dans votre sexe ,
elle est un attrait des plus engageans.
Un pédant qui se persuade être philosophe , demande pour quelle raison une femme rougiroit, lorsqu'elle
n'a pas de reproche à se faire ; il
suffit de lui répondre que la nature
a voulu vous faire rougir, lors que
vous n'êtes coupables d'aucune faute,
et qu'elle nous force à vous aimer ,
lorsqu'un rouge modeste couvre

votre front. — La rougeur qui
monte au visage est si peu par elle-
même un indice infaillible du
crime, qu'elle est au contraire la
compagne ordinaire de l'innocence.

Cette modestie que je crois si essentielle à votre sexe, vous disposera
naturellement à garder, par préférence, le silence dans une compagnie, et surtout si elle est nombreuse.
— Les gens de bon sens ne prendront
jamais ce silence pour une stupidité
méprisable. On peut prendre part à
la conversation sans prononcer un
mot; la contenance est assez expres-
sive pour montrer la part qu'on y
prend, et elle n'échappe jamais aux
yeux d'un observateur attentif.

Je serois bien flatté, que dans les
assemblées publiques, vous fissiez
paroître une dignité aisée ; mais ce
ne doit être, ni une aisance qui
marque la confiance que vous avez
en vous-mêmes, ni une contenance

effrontée, qui semble défier la compagnie. — Si, lorsqu'un homme a lié conversation avec vous, un autre d'un rang supérieur vous adresse la parole, ne laissez point paroître trop d'empressement pour écouter ce dernier ; vous trahiriez le désordre de votre cœur par une préférence trop marquée. Que votre orgueil, dans cette occasion, vous empêche de faire cette bassesse, que votre vanité pourroit vous suggérer. Faites attention que vous vous exposeriez par-là à vous donner un ridicule devant toute la compagnie, et à faire un affront à un homme, seulement pour avoir embelli le triomphe d'un autre, qui pense peut-être vous faire honneur, en s'entretenant avec vous.

En conversant avec les hommes, même avec ceux du premier rang, ne vous relâchez jamais de cette modeste dignité qui peut vous préserver de toute apparence de familiarité,

et qui conséquemment les empê-
chera de sentir qu'ils sont vos supérieurs.

L'esprit est le plus dangereux des
talens que vous puissiez avoir. Vous
ne devez en faire usage qu'avec
beaucoup de discrétion, et avec
beaucoup de douceur ; autrement il
vous suscitera bien des ennemis.
L'esprit peut très-bien s'accorder
avec la douceur du caractère et la
délicatesse du sentiment; mais rarement ces deux qualités se ren-
contrent-elles avec lui. L'esprit est si
propre à flatter la vanité, que ceux
qui en sont doués, en deviennent
fous. Cette espèce d'esprit qu'on
appelle *humour*, est une qualité
différente ; elle sera cause qu'on
recherchera votre compagnie avec
plus d'empressement ; mais ne
vous y livrez qu'avec précaution.
— Elle est souvent peu compatible
avec la délicatesse; et toujours elle

est opposée à la dignité du caractère. Elle peut de tems en tems vous procurer des applaudissemens, mais jamais elle ne vous conciliera le respect.

Ne déployez même votre bon sens qu'avec précaution. On pourroit croire que vous voulez vous arroger une supériorité marquée sur le reste de la compagnie. — Mais s'il vous arrive des connoissances sur quelque science, cultivez-les en secret, et sur-tout à l'insçu des hommes, qui, ordinairement, regardent d'un œil jaloux et malin une femme savante, dont l'esprit est orné et cultivé.

Un homme de candeur et d'un vrai génie est bien au-dessus de cette foiblesse. Mais rarement en trouverez-vous un de cette trempe; et si par hazard vous en trouvez un, ne vous empressez-pas à lui faire remarquer toute l'étendue de vos connoissances;

connoissances; il les découvrira bientôt lui-même, s'il a quelques occasions de vous voir; et si vous avez quelques avantages du côté de votre personne, probablement il les exagérera lui-même, et il vous croira plus de mérite que vous n'en avez. — Le grand art de plaire dans la conversation, consiste à faire en sorte que la compagnie se plaise à elle-même; et vous gagnerez plutôt son estime en donnant toute votre attention à ce qu'elle dit, qu'en l'entretenant vous-même.

Gardez-vous bien de médire, mais sur-tout des personnes de votre sexe. On vous accuse généralement d'être particulièrement sujettes à ce défaut honteux. — Je pense que c'est injustement. — Les hommes y sont au moins aussi sujets, lorsque leurs intérêts se croisent. — Comme les intérêts particuliers dans votre sexe se choquent plus souvent, et comme

3

votre ressentiment est plus prompt à s'enflammer que le nôtre, les occasions de médire sont plus fréquentes pour vous. Pour cette raison, soyez extrêmement sensibles à la réputation de votre sexe, surtout, si vous avez quelque rivale. Nous regardons cette sensibilité de votre part, comme la plus forte preuve de la noblesse et de la grandeur d'ame.

Montrez une tendre compassion pour les femmes malheureuses, et sur-tout pour celles qui ne le sont que par la perfidie des hommes. Goûtez un plaisir secret, je dirai même, tirez une noble vanité d'être les amies et le refuge des malheureux, mais n'ayez pas l'orgueil de le faire paroître.

Considérez tout propos libre dans la conversation comme honteux en lui-même, et capable de nous dégoûter extraordinairement. Tout double sens est de ce nombre. --- Les manières trop libres dans lesquelles on élève les hommes, les autorisent à se divertir de certaines saillies d'esprit; néanmoins ils conservent assez de délicatesse, pour en être scandalisés, s'ils les entendent de la bouche d'une femme, ou même si une femme les entend prononcer sans peine, et sans marquer le mépris qu'elle doit en faire. — La pureté d'une fille est d'une nature si délicate, qu'elle ne peut entendre certaines choses sans en être altérée. Il dépend toujours de vous, de ne pas vous trouver dans ce cas. Il n'est point d'homme, si ce n'est un stupide, ou un fou, qui se permette de scandaliser, par la conversation, une femme, s'il voit que ses propos la mortifient réellement; non, il n'osera pas le faire, si elle ressent l'injure comme elle le doit. Il y a une certaine noblesse dans la vertu solide, qui est capable de tenir dans le respect, le plus libertin et le plus abandonné des hommes.

On vous reprochera peut-être la pruderie. Par pruderie, on entend ordinairement une délicatesse affectée. Je ne souhaite pas que vous affectiez de la délicatesse ; je desire seulement, que vous en ayez. Quoiqu'il en soit, il vaut mieux courir le risque de passer pour ridicule, que d'être cynique et rebutante.

Les hommes se plaindront de votre réserve. Ils vous assureront, que plus de franchise vous rendroit plus aimables ; mais croyez-moi, ils ne parlent pas avec sincérité, lorsqu'ils vous le disent. — J'avoue que dans quelques occasions, plus d'aisance dans vos manières, pourroit vous rendre plus agréables, en ne vous considérant que comme nos compagnes ; mais en vous considérant comme femmes, plus de liberté dans votre maintien vous rendroit moins aimables. Importante distinction à laquelle plusieurs femmes ne font pas attention. — Après tout, je desire que vous ayez dans la conversation beaucoup d'aisance et de franchise. Je prétends seulement vous laisser quelques réflexions qui puissent vous servir à régler votre maintien à cet égard. Que la vérité soit sacrée pour vous. Le mensonge est un vice honteux et méprisable. — J'ai connu quelques femmes, très-accomplies d'ailleurs, qui étoient si fort sujettes à mentir, qu'on ne pouvoit pas ajouter foi à ce qu'elles racontoient, principalement s'il y avoit du merveilleux dans leur narration, ou si elles se disoient les héroïnes de leur conte. Cette foiblesse n'indiquoit pas un mauvais cœur, elle étoit seulement le fruit de la vanité et d'une imagination volage. — Je ne prétends pas cen-

3...

surer quelques broderies propres à embellir une historiette, qui n'est faite seulement que pour faire naître une joie innocente.

Il y a dans les manières de votre sexe une certaine gentillesse d'esprit extrêmement engageante. Ce n'est pas ces attentions prodiguées sans discernement, ce n'est pas ce sourire fade qu'elles affectent également pour tous. Ces défauts proviennent d'une douceur affectée ou d'une fadeur révoltante.

Il y a une espèce d'excès dans la table, auquel les gens aisés de notre pays, commencent à se livrer, pour lequel nos femmes ont cependant autant d'éloignement qu'aucunes qu'il y en ait dans le monde. J'espère pour l'honneur du sexe, qu'elles s'en tiendront toujours là : je parle de la gourmandise, c'est un vice honteux et avilissant dans un homme ; mais dans une femme, il est dégoûtant au-delà de tout ce qu'on peut dire.

Quiconque rappelle dans son souvenir un petit nombre d'années passées, est sensible au changement véritablement frappant qu'il apperçoit aujourd'hui dans les attentions et dans le respect que les hommes avoient autrefois pour les dames. Leur salle de compagnie est déserte : le repas n'est pas plutôt pris que les messieurs sont toujours dans l'impatience qu'elles se retirent. Je ne discuterai pas ici comment il arrive que les hommes perdent à l'égard des femmes ce respect, auquel la nature et la politesse leur donnent si bien le droit de prétendre. Les révolutions dans les mœurs dépendent dans chaque pays, de causes différentes et compliquées. J'observerai seulement que le maintien des femmes dans le dernier siècle, étoit véritablement réservé et majestueux.

Aujourd'hui ce maintien seroit ridicule et affecté. Quoiqu'il en soit, il
attireroit certainement plus de respect aux femmes.

Une belle femme a, comme les
autres beautés de la nature, son
point de vue propre, duquel elle
peut être apperçue de la façon la
plus avantageuse. Il faut beaucoup
de jugement, et il faut connoître à
fonds le cœur humain pour dé-
terminer ce point. Par les manières
qui sont aujourd'hui à la mode chez
les femmes, elles semblent s'attendre
à regagner sur nous leur ascendant,
par l'étalage le plus complet des
charmes de leur personne, en fré-
quentant avec assiduité les assemblées publiques, en s'entretenant
avec nous avec aussi peu de réserve,
et avec la même liberté que nous le
faisons entre nous; en un mot, en
nous imitant d'aussi près qu'il leur
est possible. — Mais dans peu de

tems, l'expérience démontrera la folie de ces prétentions et de cette conduite. Le pouvoir d'une belle femme
sur le cœur des hommes, même
parmi ceux qui sont le plus accom-
plis, est plus grand qu'elles ne l'i-
maginent; ils s'apperçoivent de la
douce illusion, mais ils ne peuvent,
ni ne desirent la dissiper : si la
femme se détermine à rompre le
charme, elle le peut certainement;
bientôt alors, au lieu d'être un ange
aux yeux de l'homme, elle ne lui paroît plus qu'une fille fort ordinaire.

Il y a une dignité naturelle dans
la modestie ingénue, qu'on s'attend
de trouver dans votre sexe ; c'est
elle qui vous protège naturellement
contre les familiarités des hommes,
et qui devroit vous faire sentir avant
toute réflexion, qu'il est de votre
intérêt de vous respecter vous-même
assez, pour vous mettre à l'abri de
toute liberté personnelle. Le grand

nombre de charmes inexprimables; et les agrémens de la beauté, doivent être réservés pour mettre le comble au bonheur de l'homme heureux, auquel vous donnerez votre cœur, mais qui, s'il a la plus petite délicatesse, les méprisera, s'il sait que vous les avez prostitués à cinquante autres, avant lui. — Penser qu'une femme peut permettre toutes sortes de libertés innocentes, pourvû que sa vertu soit inébranlable, c'est penser grossièrement et sans délicatesse; cette opinion est dangereuse, et l'expérience prouve qu'elle est fatale à plusieurs femmes.

Il me reste à-présent à vous recommander de faire attention à cette élégance, qui n'est pas tant une qualité par elle-même, que la perfection de chacune des autres. C'est ce qui donne une grace infinie à chacun de vos regards, à chacun de vos mouvemens, et à tout ce que vous prononcez. Elle donne à la beauté ce charme sans lequel elle ne plaît pas ordinairement. Elle est en partie une qualité personnelle; sous ce respect, elle est un don de la nature; mais je parle de cette élégance, considérée comme une qualité de l'ame; en un mot, elle est la perfection du goût dans la vie et dans les manières. — Elle est le développement de chaque vertu et de chaque qualité, sous leur plus agréable et sous leur plus aimable forme.

Vous pourrez penser peut-être que j'étouffe en vous les vives étincelles de la nature, et que je vous les rends entièrement artificielles. Bien loin de-là : je desire que vous ayez la plus parfaite simplicité du cœur et des manières. Je pense que vous devez avoir de la dignité sans orgueil, de l'affabilité sans bassesse, et une élégance simple sans affectation. *Milton* a la même idée que moi, quand il dit d'Ève ;

La grace la suivoit dans toutes ses démarches ; le ciel brilloit dans ses yeux, et tous ses gestes exprimoient la noblesse et l'amour.

DES AMUSEMENS.

Il est des amusemens propres et naturels à chaque âge de notre vie. Vous pouvez, dans le choix que vous en ferez, suivre la diversité de vos goûts, pourvû qu'en vous y livrant, vous ne passiez pas les bornes de la retenue qui est essentielle à votre sexe.

Il y a quelques amusemens qui concourent à entretenir la santé, tels sont les différents exercices du corps : il en est qui sont réellement utiles de leur nature ; tels sont les différents ouvrages des femmes, et tous les soins domestiques qu'exige

une

une famille. Il en est quelques-uns qui relèvent les agréments, et qui donnent de l'élégance à une femme: tels sont la parure, la danse, la musique et la peinture. La lecture des livres qui peuvent orner votre esprit, étendre vos connoissances et cultiver votre goût, doit être considérée sous un point de vue plus noble que sous celui de simples amusements. Il en est quantité d'autres, qui n'ont pas d'utilité, et qui ne donnent aucun agrément à une femme : tels sont les jeux de toute espèce.

Je vous recommanderois particulièrement les exercices qui de leur nature doivent être pris en plein air, tels que ceux de la promenade et du cheval. Ceux-ci vous formeront une constitution robuste, et donneront à votre teint, l'éclat et la fraîcheur. Si vous vous accoutumez à ne sortir qu'en chaise ou en carosse, bientôt vous vous énerverez au point de

4

n'être plus capables de sortir de chez vous sans voiture. Les équipages sont, comme la plupart des commodités que la mollesse a fait inventer, utiles et agréables, lorsqu'on n'en abuse pas, mais nuisibles et insipides, lorsqu'on s'en fait une habitude.

Vous vous devez, tant à vous-mêmes qu'à vos amis, de prendre un soin raisonnable de votre santé. Une mauvaise santé influe presque toujours sur l'esprit et sur le caractère. Les génies les plus étendus, les esprits les plus fins, ont très-souvent une délicatesse analogue à la complexion du corps : complexion tendre qu'ils négligent trop ordinairement. Leur passion pour la lecture, et le tems de la nuit qu'ils y employent, nuisent également à la santé et à la beauté.

Quoiqu'une bonne santé soit un des plus grands biens de la vie, n'en tirez jamais vanité, mais jouissez-en avec reconnoissance, sans vous en faire gloire. La douceur et la délicatesse d'une femme nous paroissent si naturellement devoir être en proportion avec la délicatesse de son tempérament, que, lorsque nous entendons une femme exagérer ses forces naturelles, vanter la voracité de son appétit, et la facilité avec laquelle elle supporte les fatigues excessives; cette description nous révolte au-delà de ce qu'elle peut croire.

Le soin qu'on a de vous faire apprendre à coudre, à tricoter et à faire de petits ouvrages de la même nature, n'est pas par sa valeur intrinsèque tout ce que vous pouvez travailler de vos mains, qui est peu de chose; mais on vous y applique pour vous mettre en état de juger plus parfaitement de toutes ces sortes d'ouvrages, et pour en diriger l'exécution dans les autres. Ils ont une utilité principale ; c'est qu'ils vous mettent dans le cas de passer agréablement et sans ennui, quelques heures de celles que nécessairement vous devez passer à la maison, vis-à-vis de vous-mêmes. — C'est un grand point dans le bonheur de la vie, que d'avoir, autant qu'il est possible, vos plaisirs indépendants des autres. En courant continuellement d'un côté et d'autre pour chercher des amusements, vous perdez la considération que toutes vos connoissances auroient pour vous, vous les fatiguez avec ces mêmes visites qu'elles auroient sollicitées, si vous aviez eu plus de discrétion et de ménagement.

L'économie domestique d'une famille est entièrement l'emploi d'une femme, elle lui fournit par la variété de ses objets différentes occasions de déployer son bon sens et son bon goût. Si jamais vous êtes chargées du soin d'une famille , ce soin demandera beaucoup de tems et d'attention de votre part. Vous ne pouvez vous en excuser sous pré- texte d'une fortune considérable ; car, avec une médiocre fortune , la ruine qui suivroit de votre négli- gence , seroit immanquable.

Je suis très-embarrassé pour vous donner un bon conseil par rapport aux livres que vous pouvez lire. Il n'y a pas d'inconvénient que vous lisiez l'histoire , ou que vous culti- viez quelque science ou quelque art pour lequel votre génie , ou le ha- zard vous donnent du goût. Le grand livre de la nature est ouvert à vos regards, il vous fournit quantité de différents sujets attrayants. — Si je savois certainement que la nature vous eût donné des principes de goût et de sentiment assez solides pour ne pas les abandonner, et pour

influer sur la conduite que vous
tiendrez à l'avenir, je tâcherois avec
le plus grand plaisir, de diriger votre
lecture de la façon la plus propre à
former votre goût pour la véritable
élégance. Mais quand je réfléchis à
l'extrême facilité qu'il y a d'enflammer l'imagination d'une jeune fille, à
la difficulté de toucher son cœur puissamment et d'une manière constante,
à la promptitude avec laquelle elle
se livre à tous les raffinements de la
pensée, et enfin à l'aisance avec
laquelle elle peut les sacrifier tous à
la vanité ou à la convenance, je
craindrois de vous faire tort en cher-
chant à former artificiellement en
vous, un goût, qui, si vous ne le
tenez de la nature, serviroit seulement à vous jeter dans l'embarras
pendant la suite de votre vie. — Je
ne cherche point à vous décider
pour quelque chose ; je tâche de
connoître à quoi la nature vous a

rendues propres, pour vous perfec-
tionner sur son plan. Je ne desire
pas de vous inspirer des sentiments
qui puissent vous inquiéter, je souhaite seulement qu'ils dirigent votre
conduite avec sureté et d'une manière uniforme ; tels enfin qu'ils
puissent se graver si profondément
dans votre cœur, que rien ne vous
en fasse départir.

La parure est un point capital
pour une femme. L'attachement
vous en sera toujours naturel, c'est
pour cela qu'il vous convient et qu'il
est raisonnable. Le bon sens réglera
votre dépense pour la parure, et le
bon goût vous décidera sur les ajus-
témens les plus propres à cacher
quelques défauts et à faire ressortir
avec le plus grand avantage vos traits
de beauté, si vous en avez quelques-
uns. Mais il faut beaucoup de délicatesse et de jugement dans l'application de cette règle. Une belle

femme étale ses charmes avec tout l'avantage possible, lors même qu'elle paroît vouloir les dérober à la vue. Le sein le plus charmant dans la nature, n'est jamais aussi parfait, que l'imagination le représente. La parure la plus élégante paroît toujours la moins étudiée et la plus aisée.

Que votre soin pour l'élégance ne se borne pas aux occasions ou vous devez paroître en public. Faites-vous une habitude de la propreté, de façon que dans votre plus simple négligé, et dans les heures où vous vous attendez le moins à voir du monde, vous n'ayez pas à rougir de votre ajustement, si vous êtes obligées de paroître. — Vous ne sauriez croire combien nous regardons la parure comme l'expression de votre caractère. On apperçoit à travers la parure, la vanité, la légèreté, la malpropreté et la folie. Une élégante simplicité démontre également le goût et la délicatesse.

En dansant, vous devez principalement vous attacher à montrer de l'aisance et des graces : je voudrois que vous fissiez paroître de la vivacité à la danse ; mais ne vous permettez jamais de vous y livrer à une gaîté immodérée qui vous fasse oublier la décence de votre sexe. — Plus d'une fille qui danse avec une joie innocente, paroît découvrir un esprit, auquel elle ne songe pas.

Je ne connois pas d'amusement qui donne un plaisir plus sensible, aux personnes qui ont du sentiment et de la gaieté, que le spectacle. — Mais je suis fâché de dire qu'il y a peu de comédies angloises qu'une honnête femme puisse voir sans porter quelque atteinte à sa délicatesse. Vous ne vous imaginerez pas aisément les gloses peu favorables pour vous, que les hommes font sur

votre contenance dans ces occasions.
Les hommes sont souvent dans une
connoissance plus intime avec les
femmes les plus perdues, et par
celles-ci ils jugent trop précipitam-
ment de toutes les autres. Une fille
vertueuse entend souvent, sans paroître déconcertée, des choses véritablement indécentes, parce que
réellement elle n'en comprend pas la
méchanceté. Cependant, par la plus
grande injustice, on attribue cette
tranquillité apparente, à la facilité
qu'a une femme de commander aux
traits de son visage, et à cette présence d'esprit qu'on prétend que
vous avez à un degré bien plus haut
que nous; ou même les observateurs
encore plus malins l'attribuent souvent à l'effronterie la plus hardie.
Quelquefois une jeune fille rit avec
toute la simplicité et l'innocence
possibles, seulement parce qu'elle y
est comme entraînée par le rire des

autres : alors on pense qu'elle y entend plus de finesse qu'elle ne doit. — S'il arrive qu'elle comprenne le mauvais sens d'une expression , elle est dans un véritable embarras, elle sent la modestie blessée par l'endroit le plus sensible , et elle a honte en même-tems de paroître ressentir l'injure. Le seul moyen d'écarter ces inconvéniens, c'est de ne jamais assister à un spectacle, lorsque par son indécence , il peut faire rougir la pudeur. — La tragédie ne vous offre pas de tels embarras. — Elle attendrira vos cœurs , et leur inspirera des sentiments nobles.

Je pourrois me dispenser de vous parler du jeu ; puisque les femmes de ce pays ne s'y adonnent presque pas. — C'est un vice ruineux et incorrigible ; et comme il conduit aux passions les plus vives et les plus intéressées , ce vice est particulièrement odieux pour votre sexe. Je ne

m'oppose pas que vous vous livriez
un peu à toute espèce de jeu , pour
varier vos amusements, pourvu que,
ce que vous pouvez y perdre , soit
si peu de chose , que cela ne puisse
ni vous intéresser , ni vous nuire.

En ceci , comme dans tous les
autres points importans de votre
conduite , montrez une fermeté et
une résolution inébranlables. Cette
fermeté n'est pas incompatible avec
la douceur et la gentillesse si aimables dans votre sexe , au contraire
elle donne cet esprit à une douceur
naturelle , sans lequel elle dégénère
en insipidité ; elle vous rend respectables à vos propres yeux et plus
dignes de notre estime et de nos
hommages.

AMITIÉ, AMOUR, ET MARIAGE.

Comme le libertinage et la dissipation qui dominent dans ce qu'on
appelle

appelle une belle vie, gâtent le cœur à plusieurs égards, ces vices le rendent incapable aussi d'un attachement sincère et d'une amitié constante. Un choix heureux d'amis sera pour vous de la dernière conséquence, parce qu'ils pourront vous servir par leurs avis et par leurs bons offices. Mais la délicieuse satisfaction qu'un cœur sensible, ouvert et ingénu, goûte dans l'amitié, est d'elle-même un motif suffisant pour la cultiver avec soin.

Dans le choix de vos amis, ayez égard principalement à la bonté du cœur et à la fidélité. S'ils ont aussi du goût et du génie, ils en seront par-là même des amis plus agréables et plus utiles. Vous devez par préférence donner votre confiance à ceux qui vous ont témoigné de l'affection dans votre jeunesse, et lorsque vous étiez hors d'état de les payer de quelque retour. C'est une obligation pour laquelle vous ne pouvez pas avoir trop de reconnoissance. — En lisant cet avis, vous en ferez naturellement l'application à l'amie de votre mère à laquelle vous devez tant.

Si vous avez le bonheur de trouver quelques personnes qui méritent le nom d'amis, ouvrez-leur votre cœur avec la plus entière confiance. C'est une maxime dans le monde de ne jamais confier un secret à quelque personne, lorsque, s'il venoit à être découvert, vous en seriez affligées ; mais cette maxime est celle d'une ame foible, ou d'un cœur froid, à moins qu'elle ne soit l'effet de plusieurs désagréments éprouvés, et du mauvais usage d'un secret confié. Un caractère ouvert, modifié par une prudence convenable, vous rendra en tout plus heureuses qu'une réserve soupçonneuse, quoique vous deviez souffrir quelquefois de votre franchise. On n'apprend que trop par l'âge et par l'expérience à devenir froid et méfiant; et d'ailleurs il y a tant de désagrément à l'être, qu'il ne faut jamais le devenir par anticipation.

Mais quoique vous vous ouvriez à quelqu'un sur vos propres affaires, ne découvrez jamais les secrets d'un ami à un autre. Ceux-ci sont des dépôts sacrés desquels vous ne pouvez pas vous dessaisir, ni desquels vous n'avez aucun droit de faire usage.

Il y a un autre cas dans lequel je pense qu'il convient d'être secret, non pas tant par un motif de prudence que de délicatesse; je veux dire en matière d'amour. Quoiqu'une femme n'ait aucune raison de rougir de son attachement pour un homme de mérite; cependant la nature dont l'autorité prévaut sur celle de la philosophie, y a attaché un sentiment

de pudeur. Il faut même beaucoup
de tems à une femme délicate pour
oser s'avouer à elle-même que son
cœur aime ; et lorsqu'elle ne peut
plus se déguiser son amour, elle
sent qu'elle fait violence à son orgueil, et que sa modestie en souffre.
Je penserois que cela doit être toujours ainsi, dans le cas où elle n'est
pas assurée que son attachement est
payé de retour.

Dans une telle situation, l'ouverture du cœur à quelque personne
que ce puisse être, ne me paroît pas
s'accorder avec l'extrême délicatesse
d'une femme ; mais peut-être que je
me trompe. — En même tems, je
dois vous dire, que la prudence
exige que vous pensiez sérieusement
aux conséquences que peut avoir
une telle découverte. Ces secrets,
quelqu'importants qu'ils vous paroissent, peuvent ne paroître qu'une
bagatelle à votre amie ; il est possible

qu'elle n'entre pas dans vos sentiments, mais qu'elle les regarde
plutôt comme un sujet de plaisan-
terie. C'est pour cette raison que les
secrets d'amour sont les plus mal
gardés de tous.

Aussi les conséquences peuvent
en être très-sérieuses pour vous,
parce qu'un homme d'un cœur noble
et délicat ne fait jamais grand cas
d'un cœur qui a ressenti de l'amour
pour un autre.

Si, cependant vous ne pouvez vous
passer d'une amie pour lui ouvrir
entièrement votre cœur, assurez-vous
de sa probité et de sa fidélité à garder le secret. Que ce ne soit pas une
femme mariée, particulièrement si
elle vit de bonne intelligence avec
son mari. Il est certains moments
dans lesquels ont n'est pas sur ses
gardes, et dans lesquels une telle
femme, quoique la plus digne et la
plus estimable de son sexe, peut

5...

laisser échapper des propos que dans tout autre tems et à tout autre qu'à son mari, elle auroit été incapable de se permettre; dans ce cas, un mari ne se croira pas, en honneur, également obligé au secret, que si, dans le principe, vous le lui aviez confié à lui-même, sur-tout sur un sujet que le monde est disposé à traiter si légèrement.

Toutes choses étant égales; il y a des avantages clairs à vous donner mutuellement votre confiance. Les liens du sang, vous réunissant par un intérêt commun, resserrent davantage ceux de l'amitié. Si vos frères ont le bonheur d'avoir le cœur sensible à l'amitié, s'ils sont vrais, s'ils ont de l'honneur, du bon sens, et des sentiments délicats, ils sont les plus propres à être vos plus intimes confidents. En leur donnant votre confiance, vous en retirerez tous les avantages que vous pourriez espérer, d'avoir de l'amitié des hommes, sans avoir à craindre les inconvénients qui sont attachés de telles liaisons de votre sexe avec le nôtre.

Gardez-vous bien de faire de vos domestiques, vos confidents. Un honneur mal entendu dégénère bien vîte en orgueil ; l'orgueil et l'amitié sont incompatibles, parce que le premier ne peut pas souffrir un égal ; et il est si avide de la flatterie, qu'il l'exige même des domestiques et des dépendants. C'est pourquoi les personnes les plus orgueilleuses prennent pour leurs plus intimes confidents, les valets et les femmes de chambre. Ayez pour vos domestiques la plus grande humanité, tâchez de rendre leur état le plus doux que vous pourrez, mais si vous en faites vos confidents, vous les gâtez et vous vous avilissez vous-mêmes.

Ne permettez à personne, sous le

prétexte d'une liberté que l'amitié autorise, de se familiariser avec vous, au point de vous perdre le respect qui vous est dû. Ne permettez pas non plus, sous le même prétexte, qu'on vous badine sur un sujet qui vous déplaît, ou qu'on vous tracasse lorsqu'une fois vous avez pris votre résolution. On vous dira que cette réserve est incompatible avec la liberté réciproque que l'amitié autorise et donne toujours. Mais en amitié, comme en amour, il y a une espèce de respect duquel on ne doit pas s'écarter ; si vous permettez qu'on le perde à votre égard, on vous regardera comme un enfant, et on ne vous aimera jamais, comme on aime un égal.

Le cœur naturellement sensible des femmes, les porte à lier des amitiés particulières, avec plus d'empressement et plus de chaleur, que les hommes. Votre penchant naturel

est si fort à cet égard, que souvent
vous vous livrez à des liaisons intimes dont vous avez bientôt lieu de
vous repentir : de là vient que vos
amitiés sont si peu solides.

L'opposition et e choc des intérêts
respectifs des femmes, soit en amour,
soit en ambition, ou même en vanité,
est un autre grand obstacle, qui
s'oppose à la sincérité, autant qu'à
la stabilité de vos amitiés particulières. Par ces raisons, il paroîtroit
au premier coup d'œil que vous devriez par préférence, lier vos amitiés particulières avec des hommes.
Entre les autres avantages qui se
présentent, et qui résultent d'un
commerce aisé d'amitié entre les
deux sexes, c'est celui d'exciter dans
l'un et dans l'autre une émulation
égale de se plaire mutuellement ;
émulation qui établit une communi-
cation mutuelle de leurs excellentes
qualités respectives ; et qui même

les confond ensemble. Comme leurs
intérêts particuliers ne se croisent
pas, il ne peut y avoir entre eux
aucun sujet de jalousie, de soupçon,
ou de rivalité. L'amitié d'un homme
pour une femme, lors même que l'a-
mour n'y est nullement intéressé,
est toujours mêlé d'une certaine tendresse, qu'il ne ressent jamais pour
un autre homme. D'ailleurs, nous ne
pouvons pas nous dissimuler le droit
naturel que vous avez à notre pro-
tection, et à nos bons offices; notre
honneur donc, nous fait un nouveau
devoir de vous servir et de vous garder un secret inviolable, lorsque
vous vous confiez à nous.

Mais vous ne devez faire usage de
ces observations qu'avec beaucoup
de précaution. Mille femmes qui
avoient le cœur excellent et les plus
belles qualités, se sont perdues par
leur liaison avec des hommes, qui
ne les fréquentoient que sous le nom.

spécieux d'amis. Mais supposons un homme dont l'honneur est le plus irréprochable, son amitié pour une femme, approche de si près l'amour, que si elle a des agréments, elle trouvera probablement bientôt un amant, lorsqu'elle ne cherchoit qu'un ami. — Je dois, cependant, vous avertir ici de n'avoir pas la foiblesse, si ordinaire aux femmes prévenues, de vous imaginer que tout homme qui vous distingue particulièrement, est un amant. Rien ne peut vous exposer à un plus grand ridicule, que la prétention à un homme, sur le soupçon qu'il vous aime, lui peut-être qui n'a jamais pensé à vous dans cette vue ; il convient de ne jamais se donner ces airs si communs parmi les femmes imbécilles dans de sem-blables occasions.

Il y a une espèce de galanterie sans conséquence, qui est fort en usage parmi quelques hommes ; si vous avez quelque discernement, vous la trouverez réellement très-innocente. Les hommes qui se font un mérite de cette galanterie, sont pleins d'attentions pour vous dans les assemblées publiques, ils cherchent à s'y rendre utiles par quantité de petits soins, que les hommes d'un mérite supérieur n'entendent pas si bien, ou parce qu'ils n'ont pas le tems d'y faire attention, ou peut-être parce qu'ils sont trop orgueilleux pour s'y assujettir. Regardez les complimens que ces hommes vous font, comme des mots d'usage et de cour, qu'ils répètent à chaque jolie femme de leur connoissance. Ils sont quelquefois disposés à prendre un ton de familiarité, que vous pourrez rabattre aisément par la noblesse convenable de votre maintien.

Il est une espèce différente d'hommes que vous pouvez regarder comme

comme agréables dans la société ; hommes de mérite, de génie et de goût, dont la conversation est à quelques égards supérieure à ce que vous trouverriez généralement dans votre propre sexe. Ce seroit une folie de votre part, de vous priver d'une connoissance agréable et utile, par la seule raison que quelques sots disent que cet homme est votre amant. Un tel homme peut se plaire à votre compagnie, sans avoir aucun dessein sur vous.

Les personnes dont les sentimens, et particulièrement les goûts sont sympathiques, aiment naturellement à être ensemble, quoique ni l'un ni l'autre n'ait pas la moindre vue d'établir entre elle une union plus étroite et plus parfaite. Mais comme cette sympathie d'ames est souvent la source d'un attachement plus tendre que la simple amitié, il sera prudent que vous vous observiez

6

vous-mêmes avec un œil attentif, de peur que votre cœur ne se trouve engagé trop loin, avant que vous vous en soyez apperçues. Je ne pense pas que les femmes, au moins dans cette partie du monde, ayent beaucoup de cette sensibilité qui dispose à de semblables attachemens. Ce qu'on appelle communément, parmi vous, amour, est plutôt reconnaissance ; c'est une partialité en faveur d'un homme qui s'attache à vous par préférence à toutes les autres femmes ; et vous vous mariez souvent avec un tel homme pour qui vous avez aussi peu d'estime personnelle que d'affection. Ainsi, sans une sensibilité naturelle que l'on ne voit que rarement, et sans un bonheur particulier, il n'est que très-peu probable qu'une femme dans ce pays se marie par amour.

Il est parmi les femmes une maxime

connue et très-prudente, c'est que l'amour ne doit pas commencer de leur côté, mais qu'il ne doit être entièrement que la suite de notre attachement pour elles. Supposons donc une femme de bon sens et de goût; elle ne trouvera pas plusieurs hommes auxquels on puisse supposer qu'elle accorde une partie considérable de son estime. Parmi ce petit nombre, c'est un véritable hazard, si quelqu'un d'eux vient à la distinguer. L'amour est, au moins chez nous, extrêmement capricieux, il ne se fixera pas toujours où la raison lui dit qu'il devroit se fixer. Mais supposons qu'un de ces hommes s'attacheroit particulièrement à cette femme; il est toujours bien peu probable, que ce seroit l'homme dans le monde pour lequel son cœur se sentiroit le plus de tendresse. Donc, la nature ne vous a pas accordé cette prérogative sans

bornés dans le choix; prérogative
dont nous jouissons nous - même ;
c'est par un effet de sa sagesse et de
sa bienveillance qu'elle vous a donné
un goût très - flexible à ce sujet.
Quelques aimables qualités dans un
homme lui méritent votre approbation et votre amitié ; dans la suite de
cette liaison particulière, il fixe
ses regards sur vous ; lorsque vous
vous en appercevez , vous vous
sentez portées à la reconnoissance ;
cette reconnoissance se change en
préférence, et cette préférence peut-
être s'élève à la fin à quelques degrés
d'attachement ; particulièrement, si
elle rencontre des obstacles et des
revers ; car les difficultés et un état
d'incertitude ; concourent puissamment à le faire naître et à le con-
solider ; ils sont la base de l'a-
mour dans les deux sexes. Si l'attachement ne s'enflammoit pas de cette
façon dans votre sexe , il n'y en a

pas une sur un million de femmes, dont l'hymen seroit précédé d'un peu d'amour.

Un homme de goût et délicat, se marie avec une femme, parce qu'il l'aime plus que toute autre. Une femme, à délicatesse et goût égaux, se marie avec cet homme, parce qu'elle l'estime, et parce qu'il lui donne cette préférence. Mais si un homme s'attache malheureusement à une femme dont le cœur est secrétement engagé à un autre, son amitié, bien loin d'être payée d'un juste retour, lui devient particulièrement désagréable ; et s'il s'obstine à la tracasser par ce sentiment qu'elle dédaigne, il se rend lui-même un objet de mépris et d'aversion.

Les effets de l'amour parmi les hommes sont très-variés, selon la différence de leurs dispositions. Un homme rusé peut se déguiser au point

d'en imposer aisément à une jeune
fille, dont le cœur est ouvert, généreux et sensible, si elle n'est pas
extrêmement sur ses gardes. Les
qualités les plus estimables dans une
telle fille, ne doivent pas toujours
suffire pour qu'elle se croye en sûreté. Une ame noble et élevée ne
connoît ni ne conçoit les sentiers
obscurs et tortueux de la dissimula-
tion. Les effets que je vais détailler,
sont ceux, je pense, qu'une belle
passion occasionne naturellement
parmi les hommes, et ceux qui sont
les plus difficiles à contrefaire. Un
homme délicat trahit souvent sa passion, par sa précaution excessive à
la cacher, particulièrement s'il a peu
d'espoir de voir son amour couronné.
Le véritable amour cherche le secret
dans toutes ses différentes scènes,
il ne s'attend jamais à réussir. Il
rend l'homme non-seulement respectueux pour la femme qu'il aime;

mais même timide à l'excès dans son maintien auprès d'elle. Pour cacher son embarras et sa timidité, il affecte quelquefois de plaisanter, mais il le fait si peu naturellement, qu'il retombe bientôt dans le sérieux, pour ne pas dire dans une espèce d'engourdissement. L'amour véritable exagère à l'imagination de l'amant, les perfections réelles de sa maîtresse; il l'aveugle sur ses défauts, ou il les lui fait envisager comme des traits de beauté. Tel qu'une personne coupable de quelque crime, il craint que tout le monde n'ait les yeux attachés sur lui pour l'observer; et pour dissiper tous les soupçons qu'on pourroit avoir, il s'abstient des plus petits traits de galanterie.

Son cœur et son caractère gagneront à tous égards par cet attachement. Ses manières deviendront plus gentilles, sa conversation plus agréable; mais le trouble et la méfiance

le feront toujours paroître à son dé-
savantage en présence de sa maîtresse.
Si l'illusion continue long-tems, elle
affoiblira totalement son esprit, et
éteindra dans son ame tous les
principes d'activité, de vigueur et
de force. Vous trouverez ce sujet
traité avec beaucoup de noblesse,
et d'une manière bien pathétique
dans le *printems de Thomson*.

Quand vous remarquerez dans un
homme les traits de conduite que je
viens de vous décrire, réfléchissez
sérieusement à ce que vous devez
faire. Si son attachement vous plaît,
je vous permets de faire ce que la
nature, le bon sens et la délicatesse
vous inspireront d'un commun accord. Si vous l'aimez, croyez-m'en,
ne lui laissez pas appercevoir toute
l'étendue de votre amour pour lui;
non, quand bien même vous l'épou-
seriez. En lui donnant votre main,
vous lui montrez suffisamment votre

préférence à son égard, et c'est tout
ce qu'il est en droit de connoître.
S'il a de la délicatesse, par considération pour vous, il ne demandera
pas une plus forte preuve de votre
tendresse, et s'il a du bon sens, par
considération pour lui-même, il ne
l'exigera pas. C'est une vérité désagréable, mais c'est un devoir pour
moi de vous la faire connoître ; la
voici : un violent amour ne peut
pas durer ; du moins ne peut pas
s'exprimer long-tems des deux côtés,
autrement, la satiété et le dégoût,
quoique l'on fasse pour les cacher,
suivent toujours infailliblement.
C'est sur vous que la nature dans ce
cas impose la réserve.

Si vous ne pouvez pas douter de
l'attachement d'un homme pour
vous, et si vous êtes résolues à ne
pas laisser parler votre cœur en sa
faveur ; comme vous espérez que
l'homme qui captivera votre cœur,

en agira généreusement avec vous ;
de même traitez celui, pour lequel
vous ne vous sentez aucune affection, avec humanité et honneur.
Ne le laissez pas languir long-tems
dans des incertitudes cruelles ; mais
cherchez à lui faire connoître au plutôt vos sentiments à son égard.

Quoique l'homme se laisse tromper par son propre cœur, il en est
à peine un, dont l'amour se sou-
tienne pendant quelque tems, sans
avoir au moins une espérance éloi-
gnée de réussir. Si vous voulez sin-
cèrement détromper votre amant,
vous avez quantité de moyens pour
le faire. Vous pouvez prendre dans
votre maintien, une certaine espèce
de familiarité aisée qui lui fera voir,
s'il lui reste quelque peu de discernement, qu'il n'a rien à espérer sur
votre cœur. Mais peut-être que votre
caractère particulier s'oppose à cette
façon d'agir. — Vous pouvez

aisément lui faire voir que vous
souhaitez d'éviter sa compagnie;
mais si c'est un homme dont vous
vouliez conserver l'amitié, vous ne
prendrez pas ce parti, parce qu'a-
lors vous le perdriez de toutes les
façons. — Vous pouvez charger un
ami commun de lui expliquer vos
sentiments; ou prendre plusieurs
autres mesures, si vous voulez sérieusement le désabuser et finir ses
incertitudes.

Mais si vous avez résolu de n'em-
ployer aucun de ces moyens, du
moins n'évitez pas les occasions
dans lesquels il pourroit s'éclaircir
lui-même sur sa situation. Si vous
le faites, vous en agissez avec lui
d'une manière aussi barbare qu'in-
juste. S'il vous demande une expli-
cation, faites-lui une réponse polie,
mais entièrement décisive. De quelque manière que vous lui fassiez
savoir vos sentiments; si c'est un

homme généreux, et s'il a de la
délicatesse et de l'honneur, il ne
vous tracassera plus, ni n'employera
pas vos amis pour solliciter votre
cœur en sa faveur. Ce dernier moyen
est une manière de galanterie qu'un
homme d'une ame élevée dédaigne-
ra. — Il ne se plaindra jamais de
votre rigueur, ni n'implorera votre
pitié par des sollicitations : elle le
mortifieroit au moins autant que
votre refus. En un mot, vous pouvez briser un tel cœur, mais il n'est
pas en votre pouvoir de le plier. —
La délicatesse est toujours accompagnée de beaucoup de fierté, quoiqu'elle se cache sous les apparences
de la plus aimable et de la plus
douce modestie; de toutes les passions, celle de l'orgueil est la plus
difficile à vaincre.

Il est un cas dans lequel une
femme peut être excusée de pousser
la coquetterie aussi loin que sa
conscience

conscience peut le lui permettre.
C'est celui dans lequel un homme
diffère, de propos délibéré, de faire
des déclarations à une femme, jusqu'au tems qu'il croit être bien
assuré qu'elles seront accueillies avec
plaisir. Par ce moyen, il n'a eu,
dans le fonds, que le dessein de
forcer une femme à ne pouvoir pas
faire usage du privilège incontes-
table de son sexe, celui de refuser ;
il a voulu la forcer, en effet, de
s'expliquer elle-même, avant qu'il
ait daigné le faire; et par ce moyen,
il a eu dessein de lui faire violer la
modestie et la délicatesse de son sexe,
en intervertissant l'ordre le plus
clair de la nature. Il s'est proposé
de lui faire faire ce grand sacrifice,
uniquement pour flatter la plus méprisable vanité dans un homme, qui
aviliroit la femme dont il desire
faire son épouse. Il est de la dernière
conséquence de savoir distinguer, si

7

un homme qui paroît vouloir devenir votre amant, diffère de s'expliquer clairement par le motif dont je viens de vous parler, ou si sa retenue provient d'une certaine méfiance inséparable d'un véritable attachement. Dans l'un de ces cas, à peine pouvez-vous en agir trop mal avec lui ; dans l'autre, vous devez en agir vis-à-vis de lui avec beaucoup de douceur ; la plus grande humanité que vous puissiez lui démontrer, lorsque vous êtes déterminées à ne pas agréer ses hommages, c'est de le lui faire savoir le plutôt possible.

Je n'ignore pas la plupart des excuses, par lesquelles les femmes tâchent de justifier leur conduite, et de tranquilliser leur propre conscience, lorsqu'elles en agissent différemment. Quelquefois elles allèguent l'ignorance, ou tout au moins l'incertitude où elles étoient sur la réalité et la sincérité des sentiments de leur amant. Cela peut être; la décence, disent-elles, leur enjoint une égalité de conduite et de politesse pour tous les hommes; elle leur défend encore de regarder un homme comme un amant décidé, jusqu'à ce que lui-même se soit déclaré pour tel. — Peu de femmes peut-être se forment-elles une idée aussi étendue que moi, de la délicatesse de leur sexe. Mais je dois vous dire que vous n'êtes pas autorisées à alléguer l'obligation où vous êtes de vous conformer à ces devoirs, lorsqu'un plus supérieur à ceux-là, vous oblige par préférence : tel est celui de la justice, de la reconnoissance et de l'humanité. L'homme qui vous préfère à toutes les autres femmes, et dont peut-être la plus grande foiblesse est dans cette préférence qu'il vous donne, cet homme a un droit réel sur la gratitude que vous devez avoir pour lui. — La

vérité est que la vanité et la folle
ambition d'avoir des admirateurs,
prévalent si fort dans le cœur des
femmes, qu'on peut conclure, que
vous faites un très-grand sacrifice,
lorsque vous donnez congé à un
amant après avoir épuisé inutile-
ment toutes les ressources de la coquetterie pour le garder, ou qu'il
vous a forcées de vous expliquer sur
son compte. L'amour peut vous
flatter, lorsque l'amant vous est
indifférent, ou lors même que vous
le méprisez.

Il est des femmes d'un bon sens
et d'un goût supérieurs, qui mettent
en œuvre la plus artificieuse et la
plus rusée coquetterie, pour engager
et fixer le cœur d'un homme qui, à
leur estime particulière, réunit celle
de tout le monde, quoiqu'elles
soient fortement décidées à ne l'é-
pouser jamais. Mais la conversation
de cet homme leur plaît et les amuse,

son attachement flatte leur vanité ;
elles peuvent même goûter une satisfaction secrette de la perte totale
de sa fortune, de sa réputation et de
son bonheur. — A Dieu ne plaise
que je pense si peu avantageusement
de toutes les femmes sans exception.
J'en connois plusieurs qui ont des
principes, et dont l'ame noble et
généreuse est bien au-dessus de cette
vanité criminelle dont je viens de
vous parler. Une telle femme, je
suis persuadé, fera de son amant,
si elle ne peut pas lui donner sa
tendresse, un ami vif et constant,
pourvu que lui-même soit un homme
de sens, de résolution et de franchise. Si elle s'explique à lui avec
liberté et avec une générosité de
cœur, il ressentira sans-doute ce
coup avec toute la sensibilité d'un
homme, mais aussi le supportera-t-il
avec tout le courage dont il est susceptible ; tout ce qu'il souffrira, il

le souffrira dans le silence; toute
son estime lui restera pour cette
femme, elle prendra la place de
l'amour qui exige toujours quelques
alimens, quoiqu'il n'en ait besoin
que peu pour subsister, et que même
il se rebute aisément, lorsqu'on lui
en donne une trop grande abondance; il regardera cette femme
comme si elle étoit mariée, et quoique sa passion disparoisse, un homme
dont le cœur est généreux et ingénu,
conserve toujours une certaine tendresse, bien supérieure à celle qu'il
se sent pour quelqu'autre personne
de votre sexe, pour une femme qu'il
a quelquefois aimée, et qui en a bien
agi avec lui.

Si cet homme n'a confié son secret
à personne, il a un droit incontes-
table d'exiger de vous, que vous ne
le divulguiez pas. Si une femme
choisit quelqu'une de ses amies pour
déposer dans son sein le secret de

ses attachements malheureux et infortunés ; elle le peut ; parce que c'est sa propre et particulière affaire ; mais, si elle a de la générosité et de la reconnoissance , elle ne trahira pas un secret qui n'est pas à elle.

La coquetterie des hommes est beaucoup moins excusable que celle des femmes ; comme elle est aussi bien plus funeste ; mais elle est rare dans ce pays. Bien peu d'hommes se donneront la peine de gagner ou de cultiver la tendresse d'une femme, s'ils n'ont sur elles quelques vues suggérées ou par l'honneur ou par le libertinage. L'ambition ou le plaisir sont les deux mobiles des actions des hommes ; ils ne prendront pas la peine de s'attacher le cœur d'une femme , uniquement pour avoir la vanité de faire sa conquête ; et de triompher du cœur d'une jeune fille innocente et sans défense. D'ailleurs, les hommes ne

font pas beaucoup de cas de ce qui
est entièrement en leur pouvoir. Un
homme avec de la gentillesse, du
sentiment et de la souplesse, s'il
veut passer par-dessus ce qu'il doit
à la sincérité et à l'humanité, peut
gagner le cœur de cinquante femmes
à la fois; il peut même diriger sa
coquetterie avec tant de finesse,
qu'il les mettra toutes dans l'impossibilité de spécifier une seule expression, qu'on puisse dire être une
déclaration d'amour.

Cette ambiguité de conduite, cet
art de savoir tenir quelqu'un en
suspens sur la réalité de ses sentiments, est le grand secret de la coquetterie chez les hommes comme
chez les femmes. Il est bien plus
cruel de notre part ce funeste secret, parce que nous pouvons porter
notre coquetterie si loin que nous
voulons, et la soutenir aussi long-
tems qu'elle nous plaît, sans que

vous soyez en droit de vous en plaindre, ou d'en demander raison, au lieu qu'un homme peut rompre sa chaîne, et vous forcer de vous expliquer, quand il commence à s'impatienter sur sa situation.

J'ai insisté plus particulièrement sur ce sujet de galanterie, parce que vous pourrez vous trouver dans ce cas, lorsque paroissant dans le monde pour la première fois, vous n'en aurez ni l'expérience ni la connoissance; et que vos passions ayant toute leur impétuosité, votre jugement ne sera pas parvenu à un degré de maturité assez parfaite, pour vous rendre capable de les contenir. — Je souhaite que vous ayez des principes d'honneur et de générosité assez solides pour être incapables de tromper personne, et je souhaite aussi que votre discernement soit assez fin et assez sûr pour vous mettre à l'abri d'être trompées vous-mêmes.

Une femme dans ce pays, peut aisément se garantir des premières impressions de l'amour ; et la prudence autant que la délicatesse devroient lui faire tenir son cœur en garde contre cet objet, jusqu'à ce qu'elle ait reçue les preuves les plus convainquantes de l'attachement d'un homme, d'un mérite particulier, qui justifie un retour de tendresse de sa part. Vos cœurs néanmoins peuvent se roidir contre tout le mérite qu'un homme peut avoir ; ils peuvent y être constamment insensibles : cette insensibilité peut être un malheur pour vous ; mais ce n'est pas un défaut qu'on puisse vous reprocher. Dans un cas pareil, vous vous rendriez également coupables d'injustice envers vous et envers votre amant, si vous lui donniez votre main, lorsque votre cœur la lui refuseroit. Mais votre destinée sera cruelle et votre sort misérable,

si vous permettez à quelqu'un de
surprendre votre tendresse, avant
de vous être assurée d'un juste retour; ou ce qui est infiniment plus
déplorable, si vous vous attachez à
un homme, qui n'aura aucune des
qualités, qui, seules, peuvent assurer le bonheur dans le mariage.

Je ne sais rien qui rende une
femme plus méprisable, quand elle
se persuade que le bonheur ne peut
être parfait dans la vie que dans
l'état du mariage. Outre le peu de
délicatesse qu'il y a dans cette façon
de penser, ce sentiment n'est pas
juste, et mille femmes en ont éprouvé la fausseté. Mais s'il étoit vrai,
la pensée que cela est ainsi, et l'impatience de se marier, qui s'en suivroit naturellement, est le moyen
le plus efficace pour l'en empêcher.
Vous ne devez pas conclure de tout
ceci, que je ne souhaite pas que
vous vous mariez : au contraire je

pense que dans le mariage vous
trouverez plus de bonheur que vous
ne pourriez en avoir dans tout autre
état. Je connois le désagrément de
la triste situation d'une vieille fille;
je sais que le chagrin et la mauvaise
humeur peuvent altérer son caractère ; je sens toute la difficulté qu'il
y a pour elle de passer avec dignité
et sans tristesse de l'époque de la
jeunesse, de la beauté, de l'admiration et du respect, dans une retraite obscure et calme, qui est toujours le partage de la vieillesse.

Je vois quelques femmes qui n'ont
pas été mariées, dont l'ame est forte
et active, et qui, avec beaucoup de
vivacité et d'esprit, se déshonorent
elles-mêmes ; quelquefois en se livrant sans retenue au torrent d'une
vie dissipée, peu convenable à leur
âge ; et qui les expose aux railleries
des jeunes filles dont elles pourroient
être les ayeules ; quelquefois en se
rendant

rendant à charge à leurs connoissances, en voulant se mêler, bon
gré, malgré, de leurs affaires particulières ; enfin, quelquefois en ré-
pendant le scandale. Tout cela vient
d'une activité d'esprit extraordinaire ;
si cet esprit trouvoit dans le ménage
de quoi occuper sa vivacité naturelle, il rendroit cette femme res-
pectable et utile à la société. Je vois
d'autres femmes dans la même situation, qui avoient de la gentillesse,
de la modestie, du bon sens, du
goût, de la délicatesse, de la sensibilité et toutes les plus douces vertus
dont le cœur d'une femme puisse
être enrichi ; je vois ces femmes
tomber dans une espèce d'oubli et
d'anéantissement ; je leur vois perdre peu-à-peu tous leurs agréments,
par la raison évidente qu'elles ne
sont pas mariées à un homme qui
auroit assez de bon sens et de goût,
pour savoir apprécier leur mérite ;

à un homme qui seroit capable de faire sortir de l'obscurité leurs belles qualités, et de les faire paroître avec tout leur avantage; à un homme qui pourroit donner à leurs esprits défaillants, cette activité vigoureuse dont ils ont tant besoin, à un homme enfin qui par son amour et sa tendresse, pourroit faire le bonheur d'une femme, en lui donnant occasion de développer tous ses talents, et en se perfectionant elle-même dans toutes les manières élégantes qui peuvent contribuer à son amusement.

En un mot, je pense que le mariage, si les véritables sentiments d'estime et d'affection en ont formé les nœuds, sera pour vous l'état le plus heureux, qu'il vous rendra plus respectables aux yeux du monde et plus utiles à la société. Mais j'avoue que je ne suis pas assez patriote pour desirer que vous vous engagiez dans le mariage, uniquement pour le bien du public. Je desire que vous vous mariez seulement pour vous rendre plus heureuses vous-mêmes. Si je suis si particulier dans les avis que je vous donne sur la conduite que vous devez tenir, j'avoue que c'est mon cœur qui me les dicte, dans la douce espérance de vous rendre dignes de l'attachement d'un homme, qui, touché de votre mérite, sera digne lui-même que vous lui donniez votre main. Mais le ciel vous garde d'abandonner jamais l'aisance et l'indépendance du célibat, pour devenir les esclaves du caprice d'un sot ou d'un tyran.

Comme ma façon de penser à cet égard n'a jamais varié, je ne vous ferai que justice en vous laissant dans cet état d'indépendance qui vous mettra à l'abri de faire par nécessité ce que vous ne feriez jamais par choix. — Cette indépendance vous sauvera également cette cruelle mortification qu'une femme d'un cœur élevé doit recevoir, en soupçonnant seulement qu'un homme croit lui faire honneur, ou grace, lorsqu'il la demande en mariage.

Si je vis jusqu'à ce que vous soyez arriveés à cet âge, auquel vous serez capables de juger par vous-mêmes, et que mes sentimens ne changent pas étrangement d'ici à ce tems-là, j'en agirai avec vous d'une façon toute différente de celle avec laquelle en agissent la plupart des parens. J'ai toujours pensé que lorsque ce moment arrive, l'autorité paternelle cesse.

J'espère de vous traiter toujours avec cette affection et cette libre cordialité, qui vous disposeront à me regarder comme votre ami ; sous ce rapport seulement, je me croirai en droit de vous donner mes avis ; en vous les donnant, je croirois être

très-coupable moi-même, si je ne
faisois tout mon possible pour me
dépouiller de tout sentiment d'une
vanité personnelle, et de tous mes
préjugés en faveur de mon goût
particulier. Si vous ne vous déter-
miniez pas à suivre mes conseils, je
ne vous en aimerai pas moins pour
cela, comme mes enfans. Quoique
mes droits sur votre obéissance eussent cessé, je ne penserois cependant
pas que rien ne peut me dégager
des liens de la nature.

Vous pourriez imaginer, peut-
être, que la conduite réservée que
je vous recommande, jointe à une
rare fréquentation des assemblées
publiques, doit vous ôter toute occasion de lier connoissance avec des
hommes : il s'en faut bien que ce
soit-là le but que je me suis proposé.
Je ne vous ai conseillé aucune réserve qui ne vous fasse respecter et
aimer davantage de la part des

8...

hommes. Je ne crois pas que les
assemblées publiques soient propres
à faire lier des connoissances particulières : on n'y peut être distingué
que par la mine et le maintien. C'est
seulement dans une compagnie particulière que vous pouvez vous attendre à une conversation aisée et
agréable, que je ne voudrois jamais
que vous évitassiez. Si vous ne permettez pas aux hommes de faire une
connoissance intime avec vous,
vous ne devez jamais espérer qu'un
attachement réciproque forme les
nœuds de votre mariage. Très-rare-
ment l'amour naît à la première vue ;
du moins dans ce cas, il doit avoir
un principe qu'on ne sauroit justifier.
Le véritable amour est fondé sur
l'estime, sur une conformité de sentiments, et il gagne le cœur imper-
ceptiblement.

J'ai un avis à vous donner auquel
je vous conjure de faire une très-

sérieuse attention. Avant de donner toute votre tendresse à un homme, examinez bien votre humeur, vos goûts et votre cœur ; fixez dans votre propre esprit ce que vous croirez être nécessaire à votre bonheur dans l'état du mariage ; et comme il est de toute impossibilité, que vous obteniez tout ce que vous desirez, déterminez irrévocablement ce que vous regardez comme essentiel à votre bonheur, et ce que vous pouvez sacrifier.

Si votre cœur a un penchant naturel pour l'amour et pour l'amitié, s'il est susceptible de ces sentiments capables de vous entraîner dans tous les raffinements et toutes les délicatesses de ces sortes d'attachements, pensez-y bien, au nom de Dieu, et avant de vous y livrer, pensez qu'il y va du bonheur de votre vie.

Si vous avez le malheur, (car c'en est un très-grand, communé-

ment pour votre sexe) d'avoir une
disposition de cette nature, et de tels
sentiments profondément enracinés,
si vous avez l'esprit et la fermeté de
résister aux tentations de la vanité,
et à la persécution de vos amis, (car
vous aurez perdu le seul ami qui ne
vous persécuteroit jamais), si vous
pouvez soutenir la vue des désagréments attachés à l'état d'une vieille
fille, que je vous ai détaillés plus
haut, alors vous pouvez vous permettre toute lecture et toute conversation qui auront le plus de rapport
à vos sentiments.

Mais si après un examen rigou-
reux, vous trouvez que le mariage
est absolument essentiel à votre
bonheur, renfermez ce secret dans
votre propre sein, et gardez-le in-
violablement, par la raison que je
vous en ai dit ci-devant ; regardez
comme le plus dangereux poison,
toute espèce de lecture et de conversation capables d'enflammer l'ima-

gination, d'engager et d'attendrir le
cœur , et d'élever le goût au-dessus
du niveau ordinaire de la vie. Si
vous vous comportez différemment,
envisagez le terrible combat des passions qui peut dans la suite se former dans vos cœurs.

Si ce raffinement de sentiment
prend une fois de profondes racines,
et que vous ne cédiez pas à ses im-
pulsions , si au contraire vous vous
mariez par des vues ordinaires d'intérêt, il ne vous sera jamais possible
de les déraciner entièrement, alors
il empoisonnera tous les jours de
votre mariage. Au lieu de trouver de
la délicatesse, du sentiment, de la
tendresse ; au lieu de trouver un
amant, un ami, un compagnon dans
un mari; l'insipidité et la stupidité
vous fatigueront, le manque de délicatesse vous offensera, et l'indifférence vous mortifiera. Vous ne
trouverez personne qui vous plaigne,
ou même n'y aura-t-il personne qui

s'imagine le chagrin qui vous dé-
vore ; car il peut se faire que vos
maris ne vous traiteront pas cruelle-
ment, et que proportionellement à
leur fortune, ils vous fourniront
assez d'argent pour vos ajustements,
pour vos dépenses particulières, et
pour le nécessaire du ménage. Le
monde donc vous regarderoit comme
des femmes déraisonnables, et qui ne
mériteroient pas d'être heureuses,
si avec tous ces avantages vous ne
l'étiez pas. — Pour éviter cette com-
plication de maux, si vous êtes déterminées de vous marier à tout
évènement, je vous conseillerois de
quitter toutes lectures, et de prendre
tous vos amusemens seulement d'une
telle nature, que ni votre cœur, ni
votre imagination ne puissent pas
en être affectés.

Je n'ai nullement en vue, par ces
avis, d'asservir vos goûts ; je desire
seulement vous persuader de la nécessité où vous êtes, de connoître

votre propre inclination, qui, quoiqu'en apparence facile à démêler,
est quelque chose que votre sexe
connoît rarement dans plusieurs im-
portantes occasions, mais particulièrement dans celle dont je parle.
Il n'y a pas de qualité que je vous
desire avec plus d'empressement,
que cet esprit rassis et décisif, qui
vous mette en état de connoître à
quoi votre bonheur est attaché, et
qui vous détermine à le poursuivre
avec la résolution la plus inébranlable. En matière d'affaires, suivez
les avis de ceux que vous croirez les
entendre mieux que vous-mêmes, et
à la probité desquels vous pouvez
vous en rapporter; mais en matière
de goût, tout dépend de vos propres
sentiments, ne consultez aucun ami
quel qu'il soit, mais consultez votre
propre cœur.

Si quelque homme vous fait la
cour, ou vous donne lieu de croire
qu'il vous la fera, avant de vous

permettre de lui engager votre cœur,
faites votre possible pour vous procurer sur son compte toutes les in-
formations nécessaires, en employant
à cet effet vos amis de la manière la
plus prudente et avec le plus
grand secret; vous devez vous in-
former, par exemple de son caractère, de son esprit, de ses sentiments,
de son humeur, de sa fortune et de
sa famille; vous devez savoir si elle
est distinguée par des talents, par
le mérite et par d'excellentes qualités, ou si au contraire on lui reproche le manque de probité, la
folie ou de maladies héréditaires,
dégoûtantes. Quand vos amis vous
informent de tout cela, ils ont entièrement rempli leur devoir. S'ils
passent outre, ils n'ont pas pour
vous cette déférence qu'une dignité
convenable de votre part leur auroit
effectivement prescrit.

Quelles que soient vos vues en
vous

vous mariant, prenez toutes les précautions possibles pour empêcher
qu'elles ne soient dérangées. Si vous
vous proposez pour objet la fortune
et ses agréments, il ne suffit pas
que vous fassiez stipuler dans le
contrat, un douaire pour vous et
des légitimes considérables pour vos
enfans ni même que vous les fassiez
bien assurer ; il est encore nécessaire que vous puissiez jouir de la
fortune pendant votre propre vie.
La principale sûreté que vous pouvez avoir sur cet article, dépendra
entièrement de votre mariage avec
un homme généreux et d'un bon
naturel, qui ne soit point attaché à
l'argent, et qui vous permettra de
vivre où vous pourrez le mieux
jouir de ce plaisir, de cette magnificence, et de cet éclat de la
vie, pour lesquels vous vous mariez avec lui.

Par tout ce que je vous ai dit,

9

vous verrez aisément que je n'aurois
jamais prétendu vous indiquer aucun
homme en particulier pour en faire
votre mari ; mais je puis avec beaucoup de confiance vous conseiller
quel est l'homme que vous ne devez
pas prendre pour époux.

Ne prenez pas pour votre mari un
homme qui peut communiquer à
votre postérité quelque infirmité hé-
réditaire, particulièrement la folie,
(cette maladie est la plus effroyable de
toutes les calamités humaines); c'est
commettre la plus grande imprudence que de s'exposer à un tel danger, et selon moi, c'est un très-grand
crime que de courir ce risque.

N'épousez jamais un imbécille :
de tous les animaux, c'est le plus
intraitable ; il est conduit par ses
passions et ses caprices ; et il est
incapable d'entendre la voix de la
raison. Probablement votre vanité
seroit mortifiée, si vous aviez des

maris qui vous donnassent un juste
sujet de rougir et de trembler toutes
les fois qu'ils ouvriroient la bouche
pour parler en compagnie ; mais le
plus grand désagrément, c'est d'être
perpétuellement en but à sa jalousie ;
un débauché est toujours un mari
soupçonneux, parce qu'il a seulement connu votre sexe par les femmes
les plus perdues. Celui-là aussi com-
munique la plus infâme des maladies à sa femme et à ses enfans, s'il
a le malheur d'en avoir.

Si vous avez un seul sentiment de
religion vous-mêmes, ne pensez pas
à prendre des maris qui n'en aient
aucun. S'ils sont passablement raisonnables, ils seront bien aises dans
ce cas que vous ayez de la religion
pour eux-mêmes et pour leur famille ;
mais s'ils sont étourdis, ils seront
continuellement à vous tracasser et
à vous mortifier sur vos principes.
— Si vous avez des enfans, vous

éprouverez le plus cruel chagrin, en voyant tous vos efforts pour former leur cœur à la vertu et à la piété, tous vos soins pour assurer leur bonheur dans cette vie et dans l'autre, rendus inutiles et tournés en ridicule.

Comme je regarde le choix que vous ferez d'un mari de la plus grande conséquence pour votre félicité, j'espère que vous le ferez avec la plus grande circonspection. Ne vous exposez pas à vous laisser surprendre par une passion brusque et subite; une telle passion n'est pas digne du nom d'amour. L'amour légitime n'est pas fondé sur le caprice; il est fondé dans la nature, sur des vues honorables, sur la vertu, sur la conformité des goûts et la sympathie des ames.

Si vous avez ces sentiments, vous n'épouserez jamais quelqu'un, si vous n'avez assez de fortune pour vous rendre heureux l'un et l'autre.

Votre propre goût peut seul déter-
miner à quel point doit être dans ce
cas, votre fortune. Il seroit indigne
de votre part de vous prévaloir de
l'amour d'un amant, pour le plonger
dans la misère; et s'il a quelque peu
d'honneur, il ne sera jamais tenté
de prendre des engagements qui
vous rendroient malheureuses, uniquement en vue de se procurer
quelque satisfaction personnelle. Si
vous avez assez entre vous pour satisfaire à tous vos besoins, cela
suffit. Je finirai en faisant mon possible pour résoudre une difficulté
qui doit naturellement se présenter
à une femme qui est en état de ré-
fléchir, au sujet du mariage. A quoi
peuvent servir tous ces raffinemens
de délicatesse, cette noble réserve
dans les manières qui arrêtent toute
sorte de familiarité, et qui font
qu'une admiration respectueuse sert
de frein au desir? Pour répondre à

9...

cette difficulté, j'observerai seulement que , si des motifs d'intérêt ou
de vanité ont quelque part à la
résolution que vous prendrez de
vous marier, aucune de ces idées,
qui ne seront alors que chimériques,
ne vous causera la moindre peine,
elles vous paroîtront bientôt aussi
ridicules qu'elles l'ont probablement
toujours paru à vos maris. Les sentiments auront roulé légèrement
dans votre imagination , mais ils
ne se seront jamais ouverts un passage jusqu'à votre cœur. Si au contraire ces mêmes sentiments ont été
véritablement ce qu'ils doivent être ,
et si vous avez le destin aussi heureux que singulier, de vous attacher ceux qui en connoissent tout
le prix, vous n'avez aucune raison
d'en être alarmées.

Le mariage, en effet, dissipera
tout d'un coup l'enchantement que
la beauté aura fait naître, mais la

vertu et les graces qui avoient d'a-
bord enflammé le cœur, cette réserve
et cette délicatesse qui avoient toujours laissé à l'amant quelque chose
de plus à desirer, et qui souvent lui
donnoient lieu de douter de votre
sensibilité ou de votre attachement,
peuvent et doivent toujours rester.
L'emportement de la passion doit
nécessairement se calmer, mais il
sera remplacé par un agrément qui
touche le cœur d'une manière plus
uniforme, plus sensible et plus tendre. — Mais je dois m'imposer silence moi-même, et m'interdir des
descriptions qui peuvent vous séduire, et qui rapellent trop sensiblement le souvenir de mes jours les
plus heureux; jours, peut-être, qu'il
seroit mieux pour moi, d'oublier à
jamais. Tels sont les avis que je vous
ai donnés, sur quelques-uns des
points les plus importans de la conduite que vous devez tenir dans le

cours de votre vie ; mes conseils ont pour objet principal l'époque à laquelle vous commencerez à paroître dans le monde. J'ai tâché de me départir de quelques particularités dans ma façon de penser, qui par leur contradiction avec l'usage généralement reçu dans le monde, me donnoient raisonnablement lieu de douter qu'elles ne fussent assez bien fondées. Mais en écrivant pour votre instruction, je crains que mon cœur n'ait été trop plein et trop fortement intéressé à votre bonheur, pour pouvoir suivre cette résolution. Cela peut avoir répandu quelque obscurité et quelques contradictions apparentes dans ces instructions. Ce que j'ai écrit, m'a servi d'amusement dans quelques heures de solitude, et a servi à écarter quelques tristes réflexions. — Je sais bien que je me suis donné une tâche qui étoit beaucoup au-dessus de mes forces ; mais je me suis acquitté d'une partie de mon devoir. Ce que j'ai écrit pour contribuer à votre bonheur, vous satisfera du moins, en le regardant, comme la dernière marque de l'attention et de la tendresse de votre père.   GRÉGORY.

DES DEVOIRS DES FEMMES

ENVERS LEURS MARIS.

S'IL est si rare de voir entre les hommes et les femmes cette tendre union si nécessaire pour rendre les mariages heureux, ce ne sont pas toujours de grandes raisons qui en sont la cause. Comme la chose est de la dernière conséquence, je vais ajouter quelques réflexions à ce que je vous ai déjà dit des devoirs des femmes à l'égard de leurs maris.

J'ai observé plusieurs fois que la plupart des différends, qui naissent dans les familles entre le mari et la femme ; ne sont presque rien dans leur principe ; ce n'est souvent qu'une étincelle qui cause un grand embrâsement.

Une femme, par exemple, veut sortir pour aller faire une visite ; elle le dit à son mari ; elle nomme la personne qu'elle veut aller voir ; cette visite est dans toutes les règles de la bienséance et de la civilité. Le mari s'y oppose, uniquement parce que dans ce moment il est d'une humeur contrariante. Il ne coûteroit rien à la femme de remettre sa visite à une autre fois : elle a aussi peu de raison de la vouloir faire précisément ce jour-là, que son mari en a de ne le pas vouloir. Cependant obstination de part et d'autre : le moment auparavant, c'étoient manières tendres, polies ; il n'en paroît plus aucunes traces, c'est un orage qui succède brusquement à un tems serein. Le mari prend le ton haut, la femme ne baisse pas le sien ; les esprits prennent le feu comme la paille la plus sèche, on ne ménage plus les termes; on se dit des choses dures qu'on ne croit pas, et qui laissent pourtant un levain dans le cœur où il fermente; en sorte qu'à la première occasion, on en est plus prompt à se brouiller sur les plus légers sujets. Ainsi se fane et se flétrit peu-à-peu la première fleur de l'amour conjugal; on ne se voit plus des mêmes yeux : de-là une infinité d'inconvéniens : l'amour ne revient pas aussi aisément qu'il s'en va.

J'ai été présent à la scène que vous allez voir : ma reine, dit un mari à sa femme, vous vous ennuyez, allons à la promenade. Je vous remercie, lui dit-elle; je vais à une assemblée. Venez-y, reprit le mari, vous vous y amuserez. Je saurai bien, dit-elle, m'amuser sans cela. Aimez-vous mieux dit le mari, aller à l'opéra? je vous y menerai. Ne diroit-on pas, continua-t-elle, d'un ton

aigre et fâché , que je suis faite pour
essuyer toutes les questions de mon-
sieur ? Quelle humeur ! s'écria le
mari : on m'avoit bien dit que vous
étiez quinteuse. Il ne falloit pas me
prendre , reprit-elle dans l'instant ;
pour moi, si je vous avois connu ,
je ne vous aurois jamais eu pour
mari. Ces dernières paroles furent
comme le signal du plus extravagant
combat d'injures que j'aie jamais
entendu ; toute la maison en retentit :
la folie me parut égale des deux côtés. Depuis ce jour-là ils n'ont cessé
de se piquoter , et sont parvenus à
ne pouvoir se souffrir l'un l'autre.

Il étoit fort aisé à ces deux personnes de ne pas se brouiller avec leurs
maris : la première n'avoit qu'à rester chez elle , et la seconde qu'à
avoir la complaisance d'accepter un
des partis que son mari lui proposoit,
ou s'en excuser avec politesse et
douceur.   DUPUY.

F I N.